Friederike Lydia Ahrens ist eine ausgebildete Künstlerin, die sich zuletzt mit StreetArt Collagen einen Namen gemacht hat und anderen Künstlern, in der Hamburger Galerie Schichtwechsel, eine viel beachtete Öffentlichkeit bietet. „Immer wieder neue Wege gehen, denn Leben schreit nach Veränderung." Mit diesem Credo hat sie sich dem Schreiben zugewandt und zunächst Gedichte veröffentlicht. Die Frauenchronik „Fiese Liebe" ist ihr literarisches Erstlingswerk.

Friederike Lydia Ahrens

Fiese Liebe

Sucht & Suche

Eine Frauenchronik

© 2020 Friederike Lydia Ahrens
Umschlag: Renate Haußmann
Lektorat: Ursula Schötzig, Astrid Meyer-Gossler
Korrektorat: Dorit Flor (Klopfecke)
Cover: Collage von Friederike Lydia Ahrens (2016)

Verlag & Druck: tredition GmbH, Halenreie 40-44, 22359
Hamburg

978-3-347-05853-8 (Paperback)
978-3-347-05854-5 (Hardcover)
978-3-347-05855-2 (e-Book)

FIESE LIEBE
Sucht & Suche

Prolog: Sandkörner
Kindheit
Erste Liebe
Wilde Zeiten
Jens
Wolf
Ende: Kuschel-Emil

Prolog

Sandkörner

Sie steht am Atlantik am Strand und will hier das Buch „Fiese Liebe" schreiben.

Sie stellt sich vor, dass jedes Sandkorn um sie herum ein Teil ihres Lebens ist. Hinter ihr und neben ihr die Felsen – auch diese „Rockies" haben eine Rolle gespielt.

Das Wasser kommt und die Wellen schleudern die Sandkörner in alle Richtungen. Einige verschwinden im Meer, andere kommen zurück an Land. Von welchen will sie eigentlich erzählen? Von denen, die im Meer oder in anderen Ozeanen verschwinden – oder von denen, die zurückkommen und an Land versanden? Manchmal zweifelt sie an ihrem Vorhaben. Kein Buch – eher ein Drehbuch oder ein Theaterstück? Von wo aus betrachtet man sein Leben?

Von innen – von außen – von unten oder von oben? Aus dem Himmel? Vielleicht sollte sie es wie eine Straßenkarte kreieren: Einbahnstraßen, Sackgassen, Autobahnen, Serpentinen, Feldwege, Sandgruben, Achtung Schlaglöcher! Sie hat alle alten Skripte weggeschmissen.

Hier will sie von vorn anfangen.

Jetzt geht gerade die Sonne unter am Atlantik. Die kleinen Sandkristalle werden dunkel und die Felsen sehen fast schwarz aus. Überall sieht sie Gesichter.

Es wird kühl und kalt. So fühlt sich auch oft ihr Leben an.

Vorhin war es noch sonnig und warm.

*

Sie steht an ihrem Küchentisch in Andalusien und taucht wieder ein – in dieses alte Gefühl „Alleinsein" – sie ist hier allein, sechs Wochen, um ihr Buch zu schreiben.

Nach drei Tagen hat sie das große „P" wie „Panik"auf der Stirn. Was willst du hier, das schaffst du nie! Sechs Wochen mutterseelenallein vor leeren Zetteln? Wie willst du das aushalten?

Die Depression steht schon auf der Fußmatte. Sie hadert mit sich und der Welt. Sie kann nicht zurück. Zu vielen hat sie von ihrem Buchprojekt erzählt. Ihrer Schreibgruppe hat sie es versprochen: „Nun geht es los!"

Und jetzt aufgeben?

Sie spült die anreisende Depression mit Anislikör runter, auf Eis – das tut gut und beruhigt den Magen.

Dann, nein, sie gibt nicht auf. Sie ist eine Kämpferin, das war sie immer. Sie hält durch. Sie wird es schaffen.

Das verkackte Leben muss endlich raus – egal, ob das jemals ein Schwein liest! Sie muss es für sich raushauen!

Sie geht am Atlantik spazieren. Der Himmel ist blau. Das Geräusch der Wellen beruhigt ihre Seele.

Sie fühlt ihre Freiheit und ein Gefühl von Glück!

Fiese Liebe

Ja, die Liebe, die kann mich mal
dafür ist das Glück jetzt da!
Ich sitz in der Sonne,
Was für 'ne Wonne!
Scheiß Buch, war 'n Versuch!
Liebessscheiße und verkacktes Leben
Wer will das schon lesen?!
Heute woll'n die Leute lachen
Nix mit negativen Sachen!

Die Liebe gibt nicht nur Hiebe
Sie hebt auch ab in den Himmel
Auf 'nem weißen Wolkenschimmel!
Oben, vom Himmel, runtergucken,
Und auf alles da unten spucken!
Hey, ihr da unten, ihr könnt mich mal
Ich sitze jetzt auf Wolke sieben
Und genieß es in vollen Zügen!
Bodenhaftung – was ist das?!
Mach mich vor lauter Lachen nass!

Kindheit

Wohlbehütet, in einem Viergenerationenhaus, einer Villa mit Garten, am Zaun im Westen, da wuchs sie auf.

Die Großmutter mit ihrem Vater, dem Urgroßvater, wohnte oben und sie mit ihren Eltern und ihrem kleinen Bruder, Hög, unten. Das Hausmädchen hatte ein Zimmer bei Omi unter der Dachschräge. Sie war am liebsten in dem kleinen Dachzimmer, in dem alle Bettdecken und Kissen aufbewahrt wurden. Sie lagen zu einem hohen Berg aufgestapelt auf einem Bett, dicht an einem kleinen Fenster zur Straße.

Hierhin verzog sie sich gern, wenn es dunkel wurde – dann tauchte sie ein in die nach Lavendel und Mottenpulver duftende Kissenwelt, die ihren Körper mit einer Daunenschwere umhüllte und wärmte. Dann schaute sie aus dem Fenster und beobachtete die vielen Maikäfer und anderen Insekten, die sich gegenüber auf der Straße im Schein der Gaslaternen tummelten und zuhauf herumflogen. Autos gab es zu der Zeit kaum.

Tagsüber war die Straße ihr Spielfeld – hier trafen sich alle Kinder aus der Nachbarschaft, bei Sonne, Regen und Schnee. Nur zum Mittag-

und Abendessen wurden sie ins Haus gerufen. Im Garten dieser Villa gab es alles: Obst, Gemüse, Hühner, Enten und einen Taubenschlag. Auf dem Hof hatten die Kinder eine große Sandkiste und eine Schaukel, mit der man bis in den Himmel schaukeln konnte.

Ihr Urgroßvater hatte früher auf der Insel Rügen eine große Gärtnerei gehabt. Er hatte den Garten mit viel Liebe und Sachverstand angelegt und er pflegte ihn bis kurz vor seinem Tod. Opa Klewe trug immer einen dunklen Anzug mit weißem Hemd und einem steifen weißen Pappkragen mit Fliege. Sie hatte ihn nie anders gesehen.

Morgens, wenn er bei Omi oben in der Küche seinen Haferschleim aß, guckte sie mit Brüderchen gerne dabei zu – weil es so schön eklig war, wenn sich die Fäden des Schleims in seinem langen weißen Bart verfingen. Omi hatte ihm immer eine riesige weiße Serviette über seinen Oberkörper drapiert, damit der Anzug nichts davon abbekam. Sie mochte nie Haferschleim. Igitt, bei dem Gedanken daran kann sie sich noch heute schütteln!

Schon als kleines Mädchen half sie ihrer Mutter gern beim Hühnerschlachten. Brüderchen und sie waren dabei, wenn sie mit dem Hackebeil dem Huhn auf dem Hauklotz den Kopf abschlug. Es passierte häufig, dass die Hühner ohne Kopf davonflogen, und dann rannten Hög und sie hinterher und sammelten sie wieder ein. Oft flogen sie auf den benachbarten Sportplatz, das war ziemlich weit. Danach half sie dabei, die Hühner zu rupfen und auszunehmen. Ihr größtes Vergnügen war es, die Mägen aufzuschneiden und den Inhalt zu betrachten.

Sonntags gab es oft Täubchen, gebraten. Die kamen von Uropas Taubenschlag hinter dem Haus.

Weil an so einem kleinen Vogel nicht viel dran war, wurde der Bauch immer noch mit Hackfleisch gefüllt. Dazu gab es selbst gemachten Kartoffelsalat von Omi.

Gegessen wurde sonntags immer zusammen mit allen auf der Veranda vor dem Haus. An Feiertagen wurde im Esszimmer am großen runden Tisch gespeist – alltags aßen sie in der Küche.

*

Einmal im Jahr wurde ein Schwein geschlachtet. Dafür kam extra ein Schlachter und der ganze Keller war voll mit Schlachttisch und Schoten, riesigen Kochtöpfen, die auf dem Feuerherd standen, und stapelweise Weckgläsern.

Kurz vor dem „Todesschuss" durften Hög und sie noch auf dem Schwein über den Hof reiten. Danach wurden sie weggeschickt, um die Wurstmaschine beim Nachbarn abzuholen – diese Maschine gab es gar nicht. Und wenn sie wiederkamen, hing das Tier schon tot und zweigeteilt am Haken auf dem Hof.

An diesem Tag war richtig was los: Viele Leute aus der Nachbarschaft kamen und halfen dabei, alles zu verarbeiten. Das ganze Haus roch nach Fett und gekochtem Blut und Leberwurst. Die Frauen trugen alle Kopftücher und Schürzen. Nichts wurde weggeschmissen, alles wurde verwertet und zubereitet.

Abends saßen dann alle zusammen an einer riesigen Tafel. Dann gab es fettige Brühe und Wurstbrei mit Brot und danach für die „Großen" ganz viel Schnaps.

Jeder Nachbar bekam eine Milchkanne mit Fettbrühe und dazu eine kleine Leberwurst geschenkt.

Die Vorräte reichten dann bis zum nächsten Jahr bzw. bis zum nächsten Schwein.

Sie isst heute noch keine Rotwurst und den Geruch von der Fettbrühe, den hat sie sofort in der Nase, wenn sie daran denkt!

*

Sie hatte immer aufgeschlagene Knie, entweder war sie auf Rollschuhen, auf dem Roller oder beim Radfahren verunglückt. Oder einfach nur so – beim zu schnellen Rennen und Laufen auf die Klappe bzw. auf die Knie gefallen. Dann gab es Jod und Pflaster. Den brennenden Schmerz, wenn das Jod auf die Wunde getupft wurde, vergisst sie nie!

Einmal war sie beim Versteckspielen auf einen großen rostigen Nagel getreten, der kam oben aus dem Fußspann wieder raus. Da musste sie ins Krankenhaus und eine Spritze bekommen. Ihr Kinderleben war nicht ungefährlich!

Ihr großer Freund im Verband-Anlegen war der Chef vom städtischen Krankenhaus, Dr. Dr. Falk. Er wohnte mit seiner Frau und seinem Sohn in der Nachbarschaft. Seine Geliebte lebte auch in seinem Haus. Sein Hund, ein Terrier, war immer an einer Mullbinde statt an einer Hundeleine angebunden. Das andere Haustier war ein Papagei, den der Sohn Florian gerne auf seiner Schulter trug und mit ihm so durch das Dorf spazierte. „Onkel Falk" hatte an ihr einen Narren gefressen und nannte sie immer liebevoll „meine kleine Hexe". Jedes Mal, wenn sie sich verletzt hatte, rannte sie ins Krankenhaus gleich um die Ecke und holte sich bei ihm Pflaster, Jod, Verband oder eine Spritze ab. Einmal hatte er sie sogar in dem nach Äther stinkenden OP-Saal, während der Operation eines Patienten, mit einem Verband für ihren aufgeschlagenen Arm versorgt.

In ihrem Dorf gab es „Banden", die sich gegenseitig bekämpften, zwischendurch vertrug man sich wieder. Sie beschmissen sich gegenseitig mit Steinen, die man vorher mit nassem Sandmatsch ummantelte und dann aufeinander warf.

Sie war nie gut im Werfen – sie traf keinen.

Aber einmal traf sie das einzige Auto, das an diesem Tag die Straße entlangfuhr – einen „Gogo", nagelneu. Das Dach hatte von ihrem Geschoss eine fette Delle bekommen und der Besitzer klingelte sofort bei ihrer Mutter.

Bis zur Dunkelheit versteckte sie sich in dem Farnkraut, das die Villa umwuchs, wo man sie dann heulend fand. Sie hatte auch noch in die Hosen gepinkelt. Diesmal bekam sie nicht den

Hintern verdroschen, man hatte sich Sorgen über ihren Verbleib gemacht.

*

Im Sommer lief sie meistens barfuß im Garten umher, abends hieß es dann „Füße waschen!" – mit einer Bürste die Sohlen sauber schrubben, das hasste sie!
Einmal hatte Papi sie beim Gute-Nacht-Sagen mit schwarzen Füßen erwischt. Kurz darauf kam er mit der Braunschweiger Zeitung und Bindfaden an ihr Bett und wickelte ihre Füße damit ein. Das war ihr beider Geheimnis!

*

Papi – irgendwann war er einfach weg!
Niemand konnte ihr sagen, wo er war – ihre Mutter, ihre Omi, Opa Klewe, das Hausmädchen –, alle hatte sie gefragt und immer wieder: keine Antwort oder Auskunft über seinen Verbleib! Er war weg. Irgendwann gab sie es auf und fragte nicht mehr nach ihm. Sie hat nicht geweint. Von da an pinkelte sie ins Bett und in die Hosen.

Omi statuierte: „Das Kind hat eine Blasen-schwäche." Ab da musste das „Kind" kratzige rosafarbene Wollschlüpfer tragen. Besonders eklig fühlten die sich an, wenn sie reingepin-kelt hatte und der Stoff am Körper trocknete. Das dauerte ewig und machte auch noch häss-liche rote, juckende Ekzeme an den Ober-schenkeln.

*

Das erste Weihnachtsfest ohne „Papi" war sehr traurig. Mami musste am Heiligabend-Morgen mit akutem Blinddarm ins Krankenhaus. Hög und sie saßen mit Omi und Opa Klewe allein unter dem bis zur Decke reichenden, festlich mit Lametta und Silberkugeln ge-schmückten Weihnachtsbaum. Obwohl es ei-nen Puppenherd und für ihre Puppe neue Kleider gab, konnte sie sich nicht richtig freu-en.

Irgendwann klingelte es an der Haustür und ein Onkel brachte für die Kinder zwei Paar Langlaufskier und sagte: „Frohe Weihnachten, die sind von eurem Vater!"

Wo denn ihr Papi wäre, wollten beide aus ei-nem Mund wissen. Seine Antwort war: „Frankfurt." Er verschwand ganz schnell. Von Omi wollten sie nun die Erklärung zu diesem Wort haben. Ihr Kommentar lautete: „Das ist eine Stadt und die ist ganz weit weg."

*

An diesem Weihnachtsabend hat sie schrecklich geweint und auch ihr kleiner Bruder konnte sie nicht trösten. Sie schliefen in ihrem gemeinsamen Kinderzimmer, gleich neben dem Elternschlafzimmer – das war leer. Sie durften ihre Mutter im Krankenhaus nicht besuchen, das war verboten. Aber telefonieren, das ging. Sie weinte ihrer Mutter ins Telefon. Sie kam gesund nach Hause.

Das Hausmädchen hatte ausgelernt. Das Dachzimmer bei Omi war frei. Sie hatte eine Zugehfrau eingestellt, die morgens kam und abends ging.

Kurz darauf zog Herr Anty in das freie Zimmer. Er hatte, wie ihr Vater, Maschinenbau studiert und die beiden kannten sich von der Burschenschaft. Omi war Witwe, ihr Mann war am Herzinfarkt gestorben, als ihre Kinder vierzehn und sechszehn Jahre alt waren. Ein Prokurist leitete nun mit dem Bruder ihrer Mutter das mittelständische Unternehmen. Herr Anty übernahm nun den Platz von „Papi" in der Firma. Diese „Übernahme" sollte sich bald im privaten Bereich fortsetzen.

Ihre Mutter nahm sie mit zu Herrn Anty aufs Zimmer unter dem Dach – juchhe! Vorher pflückte sie auf ihr Geheiß im Garten einen Blumenstrauß für ihn. Hatte er überhaupt eine Blumenvase? Daran kann sie sich nicht erinnern. Sie saß dann gelangweilt mit ihnen zusammen auf der Bettkante in dem kleinen Dachzimmer. Irgendwann durfte sie zum Spielen in den Garten gehen. Ihre Mutter blieb bei Herrn Anty. Der war dann immer mehr und öfter bei ihnen unten. An den Wochenenden spielte er mit Hög und ihr. Verfolgungsjagden, Verstecken und Wasserbombenwerfen im Garten und bei schlechtem Wetter gab's Kartenspiele und „Mensch ärgere Dich nicht".

Hög und sie fanden Herrn Anty ganz lustig.

*

Zu ihrer Einschulung bekam sie von Papi aus Frankfurt einen dunkelroten Schulranzen. Alle anderen Kinder hatten braune. Sie wollte so sein wie alle anderen, aber sie musste ihn tragen. An den roten Ranzen gewöhnte sie sich irgendwann.

Aber nicht an ihren Klassenlehrer und die schreckliche Religionslehrerin. Vor beiden hatte sie Angst. Sie waren böse, sie schlugen die Kinder und nie lachten sie!

Die Schulklos stanken nach Kloake, da mochte sie nicht draufgehen. Als sie vor Angst in die Hosen gepinkelt hatte, wurde sie von Herrn Bösewald vor der Klasse bloßgestellt. Er schickte sie nach Hause und sie sollte gefälligst mit einem trockenen, sauberen Schlüpfer wiederkommen.

Welche Schmach! Sie wäre am liebsten im Erdboden versunken. Zu Hause gab es dann auch Schläge, aber das kannte sie schon. Sie hat nie geweint!

*

Es war Sommer, außer der Zugehfrau, Fräulein Klärchen, waren alle weg.

Hög und sie spielten, wie immer, auf der Straße. Da wurden sie dann ganz aufgeregt von Fräulein Klärchen ins Haus zitiert und sie teilte ihnen mit, dass dieser Tag ein „Ehrentag" sei und dass heute ihre Eltern heiraten. Auf-der-

Straße-Spielen sei darum verboten. Jetzt begriffen sie, warum im ganzen Haus Pakete, Blumen und Geschenke verteilt herumstanden und alle Hausbewohner weg waren. Niemand hatte ihnen erzählt, was der Anlass dafür war. Hög und sie waren stinksauer, sie mussten bei dem herrlichen Wetter im Kinderzimmer bleiben!

Am nächsten Tag spielten sie wieder auf der Straße.

Jahre später entschuldigte sich ihre Mutter für ihre Vorgehensweise, ihre Kinder nicht eingeweiht zu haben. Mehrfach beteuerte sie, wie leid ihr das tat und dass sie einen großen Fehler gemacht hatte. Die Kinder haben ihr verziehen.

*

Das Dachzimmer von Omi war wieder frei. Herr Anty schlief nun mit ihrer Mutter gemeinsam im Schlafzimmer, neben ihrem Kinderzimmer.

Kurz nach ihrer „heimlichen" Hochzeit eröffneten sie Hög und ihr, dass sie bald ein „Geschwisterkind" bekommen würden. Und nicht nur das: Gleich in der Nachbarschaft, fünf Mi-

nuten von Omis Villa entfernt, wurde ein großes Haus gebaut, in dem jedes Kind ein eigenes
Zimmer haben würde und ein großes Spiel-
zimmer für alle zusammen. Dieses Haus hieß
Bungalow und neben dem sollte es auch noch
einen Swimmingpool geben.

*

Herr Anty hieß nun „Vati". Dieses Wort
brauchte lange, bis es über ihre Lippen kam.
Aber ihre Mutter nervte so lange, bis sie ihr
den Gefallen taten. Nur für sie.
Ihr Bruder Max wurde geboren, da wohnten
sie noch in der Villa bei Omi. Sie durften ihre
Mutter im Krankenhaus nicht sehen, nur das
Baby, durch eine Fensterscheibe. Er sah aus wie
eine eingewickelte Larve mit einem dicken,
roten Kopf und einem großen, schreienden
Mund.

*

Der Bungalow war fertig und der Umzug ging
ganz schnell. Weil ihre Mutter nun mit dem
riesigen Haus und einem noch riesigeren Garten viel mehr Arbeit hatte, wurde für ihren Ba-

bybruder eine Kinderkrankenschwester eingestellt, die nur für ihn da war.

*

Max war nun ihre lebendige „Kuschelpuppe".
Sie holte ihn sich ganz oft morgens früh, wenn
noch alle schliefen, zu sich ins Bett, hielt seine
kleinen Händchen und streichelte sein süßes
rundes Babyface. Sie machte ihm sein Fläsch-
chen mit Babymilch und fütterte ihn, das
machte ihr großen Spaß. Das „Bäuerchen" zum
Schluss fand sie besonders lustig, auch wenn er
immer einen süßsauren Schwall wieder aus-
spuckte und sie etwas davon abbekam. Danach
roch sie auch wie er: süßsauer.
„Ihr Baby" war ihre große neue Liebe. Er weinte nur, wenn er Hunger hatte, sonst lachte er
nur und war ein fröhliches Baby.

*

Hög und sie hatten nun getrennte Zimmer,
gegenüber, nur durch den Flur getrennt.
Sie fühlten sich so einsam und verlassen in der
neuen Umgebung – entweder ging sie abends
spät zu ihm oder er kam zu ihr zum Kuscheln.

Es gab immer Schimpfe, wenn sie von Vati erwischt wurden, sie sollten sich gefälligst daran gewöhnen, alleine zu schlafen. Sie gaben nicht auf und nahmen den Ärger in Kauf.

Seit sie in dem neuen Bungalow wohnten, gab es keine Schläge mehr mit Kochlöffel oder Teppichklopfer, ab jetzt gab es als Strafmaßnahme „Stubenarrest"!

*

Eines Tages eröffnete ihnen ihre Mutter, dass sie mit Papi verreisen würden! Wie, sie hatten ihn so lange nicht gesehen, und nun verreisen, wohin und warum? Es sei vom Amt beschlossen worden, dass er ein Anrecht hätte, 30 Tage im Jahr seine Kinder zu sehen!

Sie standen mit ihren kleinen Koffern vor dem riesigen Blechtor des Bungalows. Ihre Mutter hatte sie zum Abschied geküsst und war im Haus geblieben.

Ein blauer Opel Kapitän fuhr vor und ihr Papi stieg aus. Sie erkannten ihn sofort wieder. Er nahm sie in die Arme und küsste sie. Sie fuhren nach Hamburg zu ihrem Großvater und sollten dort ihre restliche Familie kennenlernen.

Papi konnte wunderbare, lustige Geschichten erzählen und die Fahrt verging wie im Flug.

Ihr Opa war Kapitän zur großen See gewesen – hatte Papi ihnen erzählt – und er sah auch aus wie ein echter Bilderbuch-Kapitän! Mit Schippermütze, weißen Haaren, einem großen, langen Bart und knallblauen, fröhlichen Augen begrüßte er Hög und sie.

Er wohnte in einem Haus mit Papis Schwester, ihrem Mann und drei Söhnen. Das waren ihre Cousins – von denen hatte sie noch nie etwas gehört. Das Haus hatte Opa auf der Rückseite zum Garten hin von oben bis unten mit Schiffen bemalt – Hög und sie waren begeistert. Er baute auch Buddelschiffe und zeigte ihnen, wie er es machte. Seefahrergeschichten von ihm erzählt zu bekommen, war für sie das Größte. Sie waren so weit weg von dieser Welt und wollten am liebsten dableiben, z. B. im Bauch eines Walfischs.

Sie fuhren mit Papi und Opa durch den Hafen – mit dem Schiff und dem Auto – und er erklärte ihnen, wie ein Hafen funktioniert.

Die Reisen mit Papi gefielen Hög und ihr riesig – er machte mit ihnen Dinge, die sie mit ihrer Mutter und dem Stiefvater nie erlebt hatten. Er fuhr mit ihnen in tolle Hotels, sie durften jeden Tag reiten, er machte viel Quatsch mit ihnen und sie lachten immer viel. Er schimpfte auch nie, wenn sie ins Bett pinkelte. Es gab ja schließlich Gummilaken! Seine Geschenke waren immer etwas ganz Besonderes, wie z. B. eine Puppe mit dunkler Hautfarbe. Die hatte keine von ihren Freundinnen! Sie gab ihr den Namen „Bärbel".

*

Sie freuten sich schon sehr auf ihre nächste Reise mit ihm – es sollte an die Ostsee gehen. Wie immer standen sie mit ihren Koffern vor dem Tor, Papi fuhr vor, er war pünktlich wie immer – doch dieses Mal kam er nicht allein! Neben ihm saß eine Frau mit langen schwarzen Haaren und er stellte sie ihnen vor: „Das ist meine Freundin Anna."

Hög und sie waren geschockt – was machte diese Frau hier? Sie wollten ihren Vater für sich allein haben!

Die beiden beschlossen, diese Anna einfach zu ignorieren – sie taten so, als wäre sie nicht da – Luft.

Papi hatte wieder super Geschenke mitgebracht. Zum ersten Mal schlich sich bei ihr der

Gedanke ein: Ob er sie wohl damit kaufen will?
Sie landeten in einem schicken Hotel an der
Ostsee, die Besitzerin war eine Gräfin!

Die Mahlzeiten wurden dort getrennt einge-
nommen – die Kinder hatten mit vielen anderen einen Raum und die Erwachsenen waren
auch unter ihresgleichen. Das war gut. Tagsüber hatten sie Programm, Reiten, Schwimmen
und sie sahen die Frau kaum. Aber sie war
trotzdem da und sie hatten ihren Papi nicht
mehr für sich allein.

Anna wollte sie irgendwann einmal anfassen,
da hat sie sie angespuckt.

*

Nach diesen Ferien beschlossen die Geschwister, nie mehr mit Papi und dieser Frau zu verreisen!

Ihre Koffer waren gepackt, Papi stand mit seinem Opel Kapitän vor der Tür und wollte sie
abholen. Hög und sie hatten sich zusammen
ans Bett gefesselt und ihre Zimmertür von innen abgeschlossen. Und sie schrien: „Wir wollen hierbleiben!"

Sie hörten, wie sich die Erwachsenen auf dem
Flur anschrien – Papi war ins Haus gekommen.

Nach Ewigkeiten der Warterei klopfte ihre Mutter an die Tür und bat die Kinder inständig, aufzuschließen – sie müssten ihnen etwas Wichtiges mitteilen.

Mit gebeugten Köpfen gingen sie nach der Entfesselung in den „Gerichtssaal", ins Wohnzimmer.

Dort saßen alle – ihre Eltern und zwei fremde Frauen. Überall lagen Aktenordner auf dem Tisch und Wasserflaschen, Gläser und Aschenbecher, bis zum Rand voll mit qualmenden Zigaretten. Die Frauen wurden ihnen vorgestellt. Sie waren vom Jugendamt. Eine erklärte Hög und ihr, dass es Verordnungen und Verträge gab, die eingehalten werden müssten. Und in einem dieser Verträge stünde, dass sie mit ihrem Vater mitfahren müssten. Danach holte Papi sie noch drei Mal in die Ferien ab. Sie wurde jedes Mal krank – hohes Fieber und Erbrechen? Kinderkrankheit: Mumps?

Einmal musste sie ihre Mutter mit dem Auto aus Bad Soden abholen, weil es ihr so schlecht ging. Hög blieb noch bei Papi, der wurde dann von ihm nach Hause gefahren.

Papi und Anna sahen dann irgendwann ein, dass diese Urlaube keinen Sinn mehr machten – immer mindestens ein krankes Kind! Und dann war Sendepause! Es gab auch keine Pakete mehr und keine Post. Da war sie acht Jahre alt.

*

Nach dem Umzug in die Villa war sie oft, wie sie durfte, an den Wochenenden bei Omi. Sie war nach dem Auszug der Familie nach unten gezogen, Uropa war im Altersheim und die Wohnung oben hatte sie an einen Bankdirektor mit Frau und Sohn vermietet.

Hier bei ihr durfte sie einfach „sein". Es gab ihr Lieblingshühnchen, in Butter gebraten, die Lieblingskekse und Limonade dazu. Sie durfte, so lange sie wollte, im Wohnzimmer auf dem Sofa, mit kuschligen Wolldecken umwickelt, „fernsehen", Schwarz-Weiß, zwei Programme zur Auswahl – und Ostfernsehen. Hier gab es Filme, nach denen sie schlecht einschlafen konnte. Omi schlief meistens nach der Tagesschau in ihrem Sessel ein. Wenn sie dann kurz vor Mitternacht wach wurde, gingen sie gemeinsam schlafen.

Ihr Nachthemd kam immer angewärmt von der Heizung, bevor sie es anzog. In ihrem Bett lag immer eine Wärmflasche am Fußende.

Ihre Großmutter war sehr oft die Retterin ihrer „Kinderseele", die beiden liebten sich sehr.

Ihre andere Seelenretterin war Ela, sie war die viel, viel jüngere Schwester ihres Stiefvaters. Sie studierte in Süddeutschland Medizin und kam oft in den Ferien und zu Familienfesten zu ihnen. Ela und sie verstanden sich prächtig. Ihr konnte man immer alles erzählen und sich ausheulen. Für sie war sie ihre große Schwester! Immer wenn sie dabei war, wenn ihr „großer Bruder" mit Hög und ihr ungerecht und blöd umging, setzte sich Ela lautstark und mit vehementen Argumenten für sie ein – leider war sie nicht immer da! Sie kann sich nicht erinnern, dass ihr Stiefvater seine Schwester mal in den Arm genommen hat …

Aber an die Geschichte, als er seine Schwester als Baby einmal in ihrem Kinderwagen im Park vergessen hatte – an die kann sie sich sehr gut erinnern!

*

Hög stotterte seit einiger Zeit. Das war neu.
Der Stiefvater war gar nicht mehr so lustig wie früher. Er hatte eigentlich immer schlechte Laune und brauchte „seine Ruhe", wie ihre

Mutter es so schön formulierte. Sein Mittags-schlaf war heilig und wehe, ein Freund oder eine Freundin rief in der Mittagsruhezeit an – das passierte häufig, dann gab es richtig Ärger! Die Stimmung am Mittagstisch war oft zum Schneiden: Keiner sprach, jeder guckte nur an-gespannt auf seinen Teller – der musste immer leer gegessen werden.

Dann war meistens der kleine Max auf seinem Kinderhochstuhl der Retter, der alle zum La-chen bringen konnte oder so komische Dinge von sich gab, dass niemand mehr ernst bleiben konnte!

*

Um konfirmiert zu werden, musste sie zwei Jahre lang einmal die Woche für zwei Stunden zum Konfirmationsunterricht. Einige „Frei-stunden" konnte man sich „erkaufen", indem man mit einer Sammelbüchse durch den Ort lief und u. a. für das Muttergenesungswerk sammelte, was sie auch tat.

Sie saß dann mit ihrer Dose bei Amos, in der Eisdiele, und keine Sau schmiss was rein. Alle Pfennige, die sie hatte, und auch Knöpfe, die durch den Schlitz fielen, füllten die Dose etwas.

Irgendwann rief der Pastor bei ihrer Mutter an und fragte sie, wann ihre Tochter mal wieder am Konfirmationsunterricht teilnehmen wolle – ihre Sammeldosenzeit sei längst überschritten – und wenn sie nicht sofort wieder dem Unterricht Folge leisten würde: keine Konfirmation!

*

Der Pastor, ein Freund der Familie, war auf ihrer Konfirmationsfeier so besoffen, dass er von einem Taxi abgeholt werden musste, weil er nicht mehr gehen konnte. Bis dahin hatte er nur dreckige Witze erzählt, die sie nicht verstanden hatte.

Beim mittäglichen Festmahle hatte sie ihr erstes „Glas Moselwein" getrunken – und sie saß den ganzen Tag in einem von der Schneiderin genähten schwarzen Kleid, das viel zu warm war, zwischen all den Erwachsenen, die anscheinend sehr viel Spaß hatten und viel und laut lachten.

Ihr Geschenktisch war voll, aber nicht über eins der Präsente hat sie sich wirklich gefreut. Diverse Frisierumhänge, Frotteehandtücher, Zinnbecher und Schalen aus Messing, Staubfänger und Eckensteher, Dokumentmappen und massenweise „Schlachterblumen" – Hortensien – schreckliche Dinger!

Von Omi bekam sie eine Türkiskette und ein passendes Armband – mit Gold. Ihre Putzfrau war die Einzige, die ihr einen Briefumschlag überreichte, und sie sagte: „Kauf dir was Schönes dafür!" Sie hatte ihr 20 DM geschenkt und darüber freute sie sich sehr!

*

In der achten Klasse bekamen sie einen neuen Religionslehrer. Der war der Knaller! Ein gutaussehender Mann mit Bart, im Rollkragenpullover und mit Gitarre, so erschien er im Unterricht. Er war verheiratet und hatte drei Kinder und war auch noch der neue Pastor! Sie war völlig angetörnt von seiner Aura – offen, frei und auch noch lustig! Das hatte man am Zonenrand noch nicht erlebt!

Alle alten Leute blieben von nun an sonntags der Kirche fern – dafür kamen ganz viele junge Leute, selbst nach durchfeierten Partynächten, um zehn Uhr zum Gottesdienst!

Auch da saß er einfach im Rollkragenpulli mit seiner Gitarre auf der Treppenstufe vor dem Altar und sang. Er erzählte von Bonhoeffer und

Co. – Er hielt keine Litaneien, sondern lieferte eine Realityshow! Oft klatschten hinterher alle und riefen: „Bravo!"

Sie trafen sich mit ihm freiwillig privat, bei Amos, außerhalb der Schule, um zu diskutieren. Sie schrieben eigene kleine Essays zum Thema „Weltfrieden". Herr Sass war eine Eingebung – eine Bereicherung für ihr Leben. Er war einfach für alles offen und für alle da. Niemand schwänzte mehr den Religionsunterricht. Es kamen sogar einige Katholiken dazu. Gemeinsam verfasste Artikel zum Thema „Frieden in der Welt" – zu dieser Zeit tobte gerade der Vietnam-Krieg – wurden in der regionalen Zeitung veröffentlicht. Sie und alle Mitschüler waren Fans von ihm und ihre sonst so Zonenrand-halb-Einsichten öffneten sich für das Universum, die Welt, die Dinge, die sie noch nie erfahren hatten. Sie philosophierten, sie sprachen sich über Dinge aus, über die sie vorher noch nie mit irgendeinem Menschen gesprochen hatten – auch für Ängste und Nöte war Platz!

Herr Sass war eigentlich ein Therapeut und Philosoph – aber Pastor? Sie konnte sich nicht erinnern, dass sie über Gott gesprochen hatten.

*

Eines Tages war ihr Freund weg. Spurlos verschwunden. Im Kaff murmelte man, er wäre
strafversetzt worden! Häh?! Warum – was, ey?
Er hatte als Familienvater und Pastor eine andere Ehefrau im Kaff gefickt, dabei war er vom
Ehemann ertappt worden. Die evangelische
Kirche hatte ihn nach Bayern strafversetzt. Das
war leider die Wahrheit – aber wie unmensch-
lich!
Sie recherchierten und suchten noch lange nach
ihm, sie wollten ihm alle schreiben, wie sehr sie
ihn vermissten. Sie erfuhren nie, wo er abge-
blieben war. Der „Geheimdienst" der evangelischen Kirche hatte gute Arbeit geleistet. Daraufhin ging sie zum Kirchenamt und bean-
tragte ihren Kirchenaustritt.

2. Erste Liebe

Als sie vierzehn Jahre alt war, pfiffen ihr die italienischen Gastarbeiter nach. Sie begriff lange nicht, was das bedeutete, traute sich aber auch nicht, jemanden danach zu fragen. Irgendwann wusste sie es dann.

Ab jetzt war es vorbei mit den selbstgenähten Kleidern wie Pepita & Co. von Mami oder der Hausschneiderin! Nun fuhr sie mit Omi (oder Mami) in Boutiquen! Dort durfte sie sich ihre Minikleider selber aussuchen. Allerdings gab es immer Diskussionen, wie lang oder kurz sie sein durften. Um jeden Zentimeter kürzer kämpfte sie.

In ihrem quietschgrün-gelb gestreiften Strick-Minikleid und hohen dunkelblauen Plateausohlen stand sie am Ortseingang ihres Kaffs. Sie wollte in die elf Kilometer entfernte Kreisstadt zum Arbeitsamt, um sich dort einen Ferienjob zu besorgen. Kaum hatte sie ihre Hand zum (verbotenen) Trampen hochgehalten, hielt ein riesiger Lkw.

Am Steuer saß ein großer dicker Fahrer im Achselshirt. Seine Oberarme waren so dick wie ihre Oberschenkel. Sie stieg zu ihm ins Fahrerhaus. Kaum saß sie neben ihm, fuhr er los und seine rechte Pranke landete zwischen ihren Oberschenkeln. Oh Gott! Was tun?! Rausspringen? Schreien?!

Während sie das dachte, steckte er ihr seine Zunge in den Mund. Sie hatte keine Chance gegen ihn. Sie wehrte sich nicht, sie ließ es geschehen. Als er ihr sagte, dass er mit ihr in das nahegelegene Wäldchen wollte, redete sie um ihr Leben. Sie erzählte ihm, dass sie einen ganz wichtigen Termin beim Arbeitsamt hätte und man dort auf sie wartete. Er leckte während der Fahrt ihr Gesicht und seine Zunge steckte bis zum Anschlag in ihrem Hals, während die rechte Hand von ihm sich in Scheidennähe befand.

Sie dachte kurz daran, während der Fahrt einfach rauszuspringen. Doch keine Chance: Das Fahrerhaus war zu hoch!

Sie ließ ihn, ohne sich zu wehren, agieren und ging auf ihn ein. Sie bot ihm an, sich nach dem Termin beim Amt mit ihm zu treffen. Er fuhr sie direkt vor die Tür und sagte zu ihr: „Ich warte hier auf dich!" Sie küsste ihn und sagte: „Bis gleich!"

Blitzschnell war sie draußen und rannte zur Eingangstür, peste durch die Halle und fand den Ausgang nach hinten. Die Plateauschuhe nahm sie in die Hand und rannte zum Bahnhof. Der Zug stand da wie bestellt. Zu Hause angekommen, raste sie wortlos ins Badezimmer, schmiss ihre Klamotten in die Ecke und stellte sich nackt unter die Dusche. Dort blieb sie so lange, bis nur noch kaltes Wasser kam.

Erst viel später erzählte sie diese Geschichte ihrer besten Freundin.

*

In der Schule stellten ihr die Jungs nach. Aber nur die, die sie doof fand.

Sie hatte sich in einen eineiigen Zwilling verguckt. Er und sein Bruder gingen in die Parallelklasse. Horst und Hans hießen sie, niemand konnte sie auseinanderhalten. Aber sie wusste genau, wer Horst und wer Hans war. Sie wollte Hans.

Irgendwann kam es zu einem „Date". Sie trafen sich zu einem Spaziergang in der Feldmark. Beide waren pünktlich, aber Hans hatte seinen Bruder geschickt! Sie hatte das sofort gepeilt, ließ ihn aber in dem Glauben, sie merke es nicht. Sie gingen Hand in Hand spazieren und als er sie dann zum Abschied knutschte sagte sie anschließend: „Tschüss, Horst!"

Hans hielt sich das bis ins hohe Alter vor. Jahre später sagte er zu ihr: „Ein Leben mit dir wäre das bessere gewesen!" Täterätä! Thilo, ein rothaariger, reicher Bauernsohn lungerte ihr auf. Er wusste immer genau, wann und wo sie Nachhilfe, Musikunterricht und Malkurse hatte. Er erschreckte sie jedes Mal, wenn er plötzlich hinter einer Hauswand hervorkam und ihr einen Liebesantrag machte. Sie ließ ihn abblitzen.

*

Das Zonenrandkaff, in dem sie lebte, hatte zwei zentrale Schülertreffpunkte im Ortskern: die Eisdiele „Amos", wo es auch Alkohol gab, und die die Kneipe „Max" schräg gegenüber für die Abend- und Nachtgänger.

Amos, hier trafen sich alle, die kleinen und die großen Schüler – die kleinen zum Eisbecher, die großen zu Bier und Muskateller. Sie hatte sich immer „nach oben" orientiert. Die Jungen und die Gleichaltrigen waren ihr zu pubertär und langweilig. Mit Gero, ihrem Klassenkameraden und Tanzkurs-Partner, hatte sie soeben noch einen Extra-Tanzkurs gewonnen, weil sie beide so gut waren. Sie tanzte gerne und gut.

Ab diesem Zeitpunkt waren auch offiziell Partys erlaubt. Teenagerzeit!

*

Sie war gerade vierzehneinhalb. Sie sah älter aus.
In einem Urlaub an der Ostsee lernte sie am Strand Klaus aus dem Ruhrpott kennen. Er trug ein Netzhemd und war knackig braun. Sie verknallte sich. Er war vier Jahre älter als sie – das war viel. Sie knutschten in den Dünen und gingen abends in die Disco. Sie hatte ein „Kribbeln im Bauch".
Sie war so blöd, sie wusste nicht, wann man … frau … schwanger wird.
Sie hatten eine Hündin, die war nur für männlichen Samen empfangsbereit, wenn sie läufig war.
Ihre Mutter hatte ihr, als sie vierzehn geworden war, ein Aufklärungsbuch von der evangelischen Kirche zugesteckt. Der Titel lautete: „Woher kommen die kleinen Buben und Mädchen?" Auf den ersten Seiten waren Zeichnungen, auf denen eine Biene eine Kirschblüte bestäubt. Fazit: Nach dieser Aufklärungslektüre wusste sie nichts!

Erst ihr Hausmädchen Monika, sie kam vom Dorf, erklärte ihr mit wenigen Worten und einigen Handzeichen ganz klar und verständlich, wann und wie frau schwanger wird.

Wieso hatte ihre Mutter sie für so blöd gehalten? Oder war ihre Mutter so blöd?

*

Klaus aus dem Ruhrpott erzählte sie natürlich nicht, wie blöd sie war. Sie tat erfahren, indem sie viel schwieg, aber an ihre unteren Regionen ließ sie ihn nicht ran. „Petting" sagte man früher dazu. Das kennt heute keiner mehr.

Als sie wieder zu Hause war, bekam sie eine Postkarte von ihm aus Dortmund, auf der stand zum Abschied: „War schön mit dir, viele liebe Grüße von dem alten Esel!"

*

In der Kleinstadt, in der sie lebte, kannte jeder jeden (zumindest fast). Wenn sie heimlich auf Partys ging, während ihre Eltern schon schliefen, wurde sie hinterher immer von irgendeinem Nachbarn verpfiffen. Wenn ihre Eltern verreist waren, ging das wie ein Lauffeuer im

Ort rum und das ganze große Haus füllte sich mit allen Freunden. Ihr zwei Jahre jüngerer Bruder Hög hatte auch schon „frühe Saufkumpane" und die fielen auch reihenweise ein. Hinterher mussten sie sich immer bei allen Nachbarn entschuldigen und Abbitte leisten. Da ihre Eltern auch keine Menschen von Traurigkeit waren – sie feierten, tranken viel und waren gastfreundlich –, gab es von ihnen wenig Ärger. Hauptsache, das Haus stand noch und der Weinkeller hatte nicht allzu sehr gelitten.

Richtig Stunk gab es mal, als ein amerikanischer Soldatenfreund im Suff stundenlang mit seinen Eltern in Amiland telefoniert hatte. Das kam raus, als die Firma die private Telefonrechnung überprüfte – das Gespräch hatte damals 600 DM gekostet!

*

Ihr Freund Lutz aus der Parallelklasse hatte sie zu einer Kostümparty mit dem Motto „Hotel" eingeladen. Seine Familie war bekannt für tolle Feste. Sie lebten auf einem Gutshof mitten im Ort. Lutz hatte noch zwei ältere Brüder und eine kleine Schwester.

Ihre Mutter nähte ihr ein Stubenmädchen-Kostüm und sie stritten sich über die Rocklänge. Mit einem Staubwedel bewaffnet, erschien sie auf der Party. Der DJ war der „große Bruder" von Lutz, sie hatte ihn schon früher mal eng umschlungen mit seiner Freundin auf der Straße gesehen. Er war ein super gutaussehender Typ – er trug eine Fellmütze und hatte lange schwarze Haare. Sie bestellte bei ihm ihre Lieblingshits und tanzte den ganzen Abend. Es gab Bowle und Kartoffelsalat und Würstchen. Die Party ging bis morgens um zwei. Nur weil die Familie einen guten Ruf (ein ordentliches Haus) hatte, durfte sie so lange bleiben und ging dann mit ihrer besten Freundin Elfie, die gleich zwei Häuser weiter wohnte, nach Hause – aber erst, nachdem sie mit Leon, dem DJ, eine Verabredung klargemacht hatte.

Kurz nach der Fete trafen sie sich bei Amos in der Eisdiele. Er trank schon mittags Bier, hatte gerade sein Abi in der Tasche und sich für ein Lehrer-Studium in der nächstgrößeren Stadt, 35 km von ihrem Kaff entfernt, beworben.

Er war neunzehn – sie war fünfzehn. Sie fühlte sich ganz klein und unerfahren, aber eins spürte sie ganz genau: Sie hatte sich in ihn verknallt! Sie zeigte es ihm nicht, sie versuchte, cool zu bleiben. Sie trafen sich wieder. Dann knutschte er mit ihr während eines Kinofilms im Dunkeln. Von da an gab es kein Halten mehr! Samstags, nach der vierten Unterrichtsstunde, landete sie bei ihm zu Hause im Bett. Zum Äußersten kam es vorerst nicht. Sie hatte noch gut drei Schuljahre bis zum Abi vor sich, die Zeit erschien ihr endlos. Sie dachte: „Das schaffe ich nie!" Er würde bald nicht mehr in ihrem Kaff sein und wenn er studieren würde, wäre es mit ihnen beiden wahrscheinlich schnell vorbei – weil er so wunderschön war und ihm viele Ladys begegnen würden?!

Am Anfang erzählte sie nicht mal ihrer besten Freundin und ihrer liebsten Tante davon. Sie wollte erst mal abwarten, ob die Liebe Liebe war oder nur Verliebtheit. Es wurde immer schlimmer. Sie dachte nur noch an ihn und auch er gestand: „Ich liebe dich!" Leon war Wehrdienstverweigerer und hatte sich gut auf die anstehende Prüfung vorbereitet. Alle waren sich sicher, dass er durchkommt. Er schaffte es nicht und die Feldjäger sammelten ihn ein, als er versuchte, abzuhauen.

Leon war dann bei den Feldjägern stationiert und er war oft zu Hause.

Inzwischen wussten alle, dass sie ein Paar waren. Sie waren ein schönes Paar! Ihren Eltern passte das gar nicht, sie waren der Meinung, er sei viel zu alt für sie.

Nachdem die Entjungferung nach langer Zeit des Pettings stattgefunden hatte (an diesem Abend war sie viel früher zu Hause, als sie eigentlich durfte), ging sie ganz früh ins Bett und heulte in ihre Kissen. Ihre Mutter hatte nichts davon mitbekommen, sie hatte „Damenkränzchen" – das hieß früher so, wenn Frauen sich trafen und viel Alkohol zusammen tranken.

Leon entschuldigte sich beim nächsten Treffen bei ihr – er hätte leider zu viel getrunken und es täte ihm herzlich leid, dass er ihr dabei so große Schmerzen zugefügt hatte. Sie verzieh ihm aus Liebe. Jetzt war ihre liebste Tante in Berlin gefragt. Sie wollte nicht schwanger werden und die Pille musste her! Sie schickte ihr die Tabletten postwendend an Leons Adresse.

*

Bald waren Sommerferien. Mit Leon, seinen Brüdern und dem Pastorensohn Kai wollte sie gemeinsam, mit dem VW-Bus, eine Tour durch Deutschland machen.

Ihre Eltern verwehrten ihr diesen Wunsch. „Ein Mädchen allein mit vier Jungs – kommt gar nicht infrage! Von uns bekommst du keinen Pfennig dafür!"

Daraufhin heuerte sie in einem Gartenlokal im Nachbardorf als Bedienung an. Es war über alle Grenzen hinweg bekannt für seinen Kirschwein. An den Wochenenden fielen dort busweise Berliner ein, die danach volltrunken zurückgefahren werden mussten oder liegen blieben.

Nachmittags gab es dort Kaffee und Kuchen. Mit großem Holztablett schleppte sie sich mit riesigen Tortenstücken und Kaffeekännchen, abends mit Sülzkoteletts und Bratkartoffeln, Kirschwein und dicken Biergläsern ab.

Einmal passierte es, dass sie mit einem vollen Tablett über eine am Stuhl befestigte Hundeleine flog und auf dem Boden liegend zusehen musste, wie sich die vier Sülzkoteletts mit Remoulade und Bratkartoffeln auf dem Boden im Lokal verteilten. Die Remoulade klebte an diversen Hosen, Röcken und Jacken der Gäste. Da lief sie nur noch heulend in die Küche, wo sie so lange blieb, bis sich die keifenden Menschen wieder beruhigt hatten und von ihren Kollegen alles wieder aufgewischt worden war.

Der Koch in der Küche nahm sie in den Arm und tröstete sie.

In dieser Zeit verdiente sie so viel Geld, allein nur vom Trinkgeld hätte sie den Urlaub bezahlen können.

Einmal kam sogar ihre Mutter mit Omi zum Kaffee dort vorbei und sie spürte so etwas wie Stolz oder Achtung von Mutter zu Tochter, nach dem Motto: „Das Kind kann ja arbeiten!"

Mit den Taschen voller Geld fuhr sie mit den vier Jungs im VW-Bus los. Sie hatten eine sehr lustige Zeit zusammen. Sie übernachteten im Zelt oder in Jugendherbergen. Da kam der Sex mit Leon zu kurz, aber das holten sie hinterher nach.

*

Eine zehntägige Parisreise mit dem Bus über Silvester vom Studentenverband Asta sollte im Vierbettzimmer 210 DM kosten. Auch dieses Anliegen wurde ihr von der „Regierung" verboten. Im Kreiskrankenhaus besorgte sie sich einen Ferienjob als Stationshilfe. Morgens um fünf musste sie auf der Matte stehen und die Pisspötte verteilen. Jeden Morgen um vier fuhr ihr Bus in die Kreisstadt. Danach hatte sie ihren

Eltern den Wind aus den Segeln genommen und sie fuhr mit Leon und einem Freundespaar gemeinsamen nach Paris. Mit denen teilten sie sich auch das Vierbettzimmer im Quartier Latin.

Das Silvesterfest verlebten sie in einer Zigeunerkneipe mit toller Livemusik. Ihre Gläser waren immer voll. Am nächsten Tag hatte sie ihre erste Alkoholvergiftung und während sie sich die Seele auf dem Etagenklo auskotzte, war Leon den ganzen Tag in Paris unterwegs, um ihr Zwieback zu besorgen – den es in der ganzen Stadt nicht gab!

*

Sie wollte in den Sommerferien mit Leon nach Ibiza. Das Geld für diese Reise – „all-inclusive", Flug und Unterkunft für 250 DM – hatte sie sich wieder in der Kirschweinranch verdient. Als Leon ihr eine Woche vor der Reise steckte, dass er sie betrogen hatte – sie kannte die Frau auch noch –, war sie fix und fertig. Das tat so weh und sie heulte bittere Tränen. Die Reise war gebucht, aber auf keinen Fall wollte sie so mit ihm zusammen Ferien machen! Sie nahm ihre Schulfreundin Else Müller mit, sie kannten sich gut und hatten schon einiges zusammen erlebt.

Kurz vor ihrer Abreise machte sie „Schluss" mit Leon. Dieser Urlaub auf Ibiza sollte ihr Rachefeldzug werden! Jeden gutaussehenden Jüngling, der sich ihr in den Weg stellte, nahm sie mit in ihre „Absteige". Sie führte in der Zeit ein Tagebuch. Ihr Fazit: In drei Wochen hatte sie zwölf Männer „geschafft"!

Zurück in der Heimat brach der Liebeskummer aus. Auch Leon hatte in diesen drei Wochen sehr gelitten und sie trafen sich, verziehen sich gegenseitig und ihre Versöhnung war wunderschön.

*

Ihre Eltern gingen gewöhnlich früh ins Bett. Wenn Leon bei ihr zu Besuch war, verabschiedete er sich vor 22 Uhr offiziell im Wohnzimmer und sie ließ ihn zur Haustür raus. Danach ließ sie ihn durch ihr Fenster wieder in ihr Zimmer (der Vorteil eines Bungalows – ebenerdig) und versteckte ihn in ihrem Kleiderschrank, bis ihre Eltern schliefen.

Dann holte sie ihn raus und sie machten Liebe. Das ging erstaunlich lange gut.

Eines Nachts wurden sie in flagranti vom Stiefvater erwischt. Er hatte im Gästezimmer im Keller geschlafen, oder besser: Er hatte durch die Geräusche über ihm, in ihrem Zimmer, keinen Schlaf gefunden. Leon flog in hohem Bogen nackt vor die Tür, seine Klamotten wurden ihm nachgeschmissen und der Satz: „Er sollte sich hier nie wieder blicken lassen!" schallte durch den großen Garten. Seine Eltern wurden gleich darauf telefonisch über den Vorfall informiert und Stiefvater und Mutter hielten im Wohnzimmer bei viel Schnaps eine „Notkonferenz".

Sie zog sich schnell an und rannte barfuß hinter ihm her, aber er war weg. Sie fand ihn nicht.

Spät in der Nacht wurde sie ins Wohnzimmer zitiert. Was sie sich dabei gedacht hätte, ihr Elternhaus zu „beschmutzen" – und überhaupt, was denn wäre, wenn sie jetzt schwanger würde. Daraufhin antwortete sie: „Sollen wir uns draußen auf der Parkbank die Blase erkälten? Und außerdem nehme ich die Pille!" Da war der Ofen vollends aus – ihre Mutter heulte, ihr Stiefvater schrie etwas von Undankbarkeit – sie rannte in ihr Zimmer und konnte die ganze Nacht nicht schlafen.

Das alles passierte kurz vor ihrem siebzehnten Geburtstag. Der fiel gänzlich aus, keine Feier. Ihre Brüder haben ihr gratuliert. Sie kann sich an kein Geschenk erinnern. Doch, von der Putzfrau und von Omi gab's was!

Sie hatte Leon-Verbot – sie sollte ihn nie wiedersehen! Ihr Stiefvater schwieg und ignorierte sie völlig, sie war Luft für ihn. Ihre Mutter versuchte, es ihm nachzumachen, doch sie knickte dann und wann wieder ein.

Nach der Schule ging sie immer gleich zu A-mos und kam immer erst nach Hause, wenn die Eltern Mittagsschlaf hielten. Ihre Mutter hielt das Schweigen nicht lange aus, aber sie saß zwischen zwei Stühlen, ihrem Mann und ihrer Tochter.

Sie mochte ihren Stiefvater nie wirklich, er war ein launischer Mann und alle tanzten nach seiner Pfeife. Jetzt hasste sie ihn. Schon so oft und seit langer Zeit hatte sie das Bedürfnis, ihren richtigen Vater richtig kennenzulernen. Ihre Mutter drohte immer mit ihm, wenn sie in Erziehungsfragen nicht weiterkam, und schrie dann: „Pack doch deine Koffer und zieh nach Frankfurt!"

Sie wusste, dass er dort verheiratet war. Über ihren alten Patenonkel Amir holte sie sich seine

Adresse. Ihr Bruder und sie hatten ihn das letzte Mal gesehen, als sie sechs und acht Jahre alt gewesen waren. Er wohnte in Bad Soden und er hatte einen Chefposten bei einer großen Firma in Frankfurt.

Ihre alte Schulfreundin Eva war nach der zehnten Klasse abgegangen und machte gerade eine Ausbildung in Bad Soden. Leon wollte ihr bei ihrer „Vatertour" beistehen und sie begleiten. Sie rief Eva an und die sagte, als sie ihr Anliegen vorgetragen hatte, sofort: „Ja, ihr könnt bei mir auf dem Fußboden pennen", und versprach natürlich, Stillschweigen über diese Aktion zu bewahren.

Ihre Eltern fuhren für eine Woche nach Berlin zu einem Jazzfestival. Die Zeit war ideal für ihren Plan.

Sie trampten zusammen nach Bad Soden. Leon blieb bei Eva und sie klingelte an der Tür ihres Vaters.

Das letzte Mal, als sie zusammen mit Hög als Kind hier gewesen war, lebte er in einem kleinen Reihenhaus. Nun war es eine Villa mit Garten. Sie trug einen Maxijeansmantel mit Löchern, eine Ledertasche, deren Gurt mehrfach verknotet war – der Riemen war gerissen –

und Plateauschuhe. Sie war geschminkt und hatte lange blonde Haare.

Seine Frau öffnete ihr die Tür – nach über neun Jahren hatte sie sich nicht viel verändert.

„Hallo Anna, ich will meinen Vater kennenlernen. Entschuldige, dass ich hier so ohne Anmeldung auftauche, aber es ist mir ein ganz großes, inniges Anliegen", sagte sie.

Anna fand nach einer Weile ihre Sprache wieder und sagte ihr, sie würde ihn, wenn er nach der Arbeit nach Hause käme, darauf vorbereiten. Sie sollte nach 19 Uhr anrufen. Anna schrieb ihr die Telefonnummer auf.

Als sie zu Leon und Eva in das Ein-Zimmer-Apartment kam, saßen die beiden schon bei einem alkoholischen Getränk zusammen. Sie kannten sich, Eva war mal mit Leons Bruder liiert gewesen. Nach dem Telefonat zur abgesprochenen Zeit kam das O.k. Ihr Vater wäre empfangsbereit!

Er öffnete ihr die Tür und der erste Satz, den er zu ihr sagte, lautete: „Du siehst aus wie deine Mutter, als sie jung war!" Er lächelte sie verzückt an und nahm sie etwas unbeholfen in seine Arme. Sie erkannte ihn sofort, sein warmes, weiches Gesicht, seine Magenfalten, die sein wunderschönes Lächeln umrundeten, und seine strahlenden blauen Augen.

Er nahm ihr den Mantel ab. Anna stand auf dem Flur, begrüßte sie und sagte zu beiden: „Ich wünsche euch einen guten Abend." Dann nahm er seine große Tochter an die Hand und führte sie ins Wohnzimmer. Zuerst einigten sie sich über die Ansprache. „Papi", dieses Wort ging nicht über ihre Zunge, sie nannte ihn bei seinem Vornamen: Amandus.

Auf dem Couchtisch stand schon eine angebrochene Cognacflasche und der Aschenbecher daneben war gut gefüllt mit Kippen. Eine brennende Kerze auf dem Tisch, die Einrichtung, naja, ein Mix aus Chippendale und Gelsenkirchener Barock. Egal!

Vorsichtig tasteten sie sich an die Vergangenheit heran. Er sprach über seine berufliche Laufbahn, sie erzählte von der Schule und ihrer Problematik mit dem Stiefvater und sie verriet ihm, dass ihr Freund auch hier war, bei Eva. Die Eltern von Eva kannten Amandus noch von früher, sie hatten in ihrem Zonenrandkaff ein Einzelhandelskaufhaus, da hatte er früher seine ersten Anzüge gekauft. Sie erfuhr, dass sie zwei Halbschwestern hatte, sie waren fünf und drei Jahre alt. Das erste befremdliche Gefühl war schnell verschwunden, sie tranken Cognac, rauchten und redeten und redeten. Irgendwann steckte Anna den Kopf in die Tür und sagte nur: „Ihr raucht und trinkt zu viel!"

Amandus lud sie mit Leon ein, für die Zeit ihres Besuchs bei ihm im Haus zu wohnen, allerdings in getrennten Zimmern.

Es war spät geworden, Amandus rief ihr ein Taxi. Eva und Leon schliefen schon, als sie sich unter ihre gemeinsame Decke rollte. Leon brummelte nur völlig verschlafen: „Na, wie war's?" „Gut", antwortete sie und schlief sofort ein.

Morgens beim Abschied sagte ihr Eva leise im Vorbeigehen: „Ach, ich hatte übrigens gestern Abend mit Leon Sex." – Auch das noch! Sie fuhren zu ihrem Vater und zogen für knapp eine Woche bei ihm ein. Tagsüber wurden sie von seinem Chauffeur durch die Stadt gefahren. Alle Sehenswürdigkeiten in und um Frankfurt wurden abgehakt. Danach wurden sie von seiner Sekretärin auf der Chefetage seines Unternehmens mit Kaffee und Kuchen begrüßt, abends ging es dann ins teuerste Restaurant von Bad Soden. Anna war nicht dabei, sie blieb bei den Kindern.

Die Halbschwestern hatten etwas Ähnlichkeit mit ihr und ihrem Bruder, als sie klein waren. Eine hatte blaue Augen, wie Hög, und die andere braune, wie sie. Auf einem Spaziergang durch den Taunus unterhielt sie sich auch lange mit Anna. Sie war eine sehr kluge und interessante Frau und sagte nur den einen Satz zu ihr: „Mein Gott, was hat man euren kleinen Kinderseelen damals bloß angetan!" Sie nahmen sich in den Arm und beiden standen die Tränen in den Augen.

Sie hatten ein tolles Programm, Amandus meinte es bestimmt gut, aber es war schon fast zu viel Input von allem. Am vorletzten Abend vor ihrer Abreise zurück in die „kalte Heimat" bestand ihr Vater darauf, dass sie ihrer Mutter jetzt am Telefon sagen musste, dass sie bei ihm wäre. Eigentlich hatte sie sich vorgenommen, nach ihrer Rückreise die „Katze aus dem Sack" zu lassen. Er ließ nicht locker, sicher war es für ihn ein innerer Reichsparteitag, dass sie nach so langer Zeit bei ihm „angedockt" hatte. Sie rief in seinem Beisein bei ihrer liebsten Tante in Berlin an – dort wohnte ihre Mutter mit dem Stiefvater während des Jazzfestivals. Sie hatte ihre Mutter am Telefon und schilderte ihr die Situation: Sie hatte ihren Vater kennenlernen wollen und wäre jetzt mit Leon bei ihm in Bad Soden. Schweigen, eisige Kälte auf der anderen Seite, der Hörer wurde aufgeknallt.

Die Rückfahrt mit dem Zug am nächsten Tag – Amandus hatte für beide Erste-Klasse-Tickets gekauft und sie persönlich zum Bahnhof gebracht – war angespannt und verlief zwischen Leon und ihr eher schweigend. Das Thema mit Eva sprach sie kurz an, aber eigentlich wollte sie gar nichts mehr sagen und nur noch weg von allen und allem. Weg von der Welt!

Ihr war klar, welches Drama sie nun erwarten würde. Und das war: Eiseskälte, Schweigen, Nichtachtung, Missachtung, Vorwürfe. „Was hat man nicht alles für dich getan? Wo ist hier die Dankbarkeit? Billiges Flittchen! Was sollen die Leute denken?" Diese Litaneien kannte sie längst und hatte sie drainagemäßig satt! Oberkante – Unterlippe!

*

Eine Woche nachdem sie aus Bad Soden zurück war, bekam sie ein Paket von Amandus. Der Inhalt: ein dunkelgrüner Feincord-Bademantel mit goldener Brokatkante, eine weiße Damenlederhandtasche und ein silberner Römer-Brieföffner mit Frankfurt-Wappen. Sie war völlig geschockt über die Hässlichkeit dieser Geschenke. Amandus hatte mit seiner wunderschönen Handschrift einige Zeilen hinzugefügt – die nützten aber auch nichts. Anna und er lebten mit ihren Töchtern – ihren Halbschwestern – in einer Welt, die sie längst hinter sich gelassen hatte. Sie lebte nun im angehenden Hippiezeitalter und ihre Halbschwestern mit weißen Strumpfhosen, Rüschenkleidchen und schwarzen Lackschuhen dazu waren in den Endfünfzigern. Das hatte sie in Bad Soden registriert, sich aber rausgehalten und nichts dazu gesagt.

*

Fluchtgedanken: Sie schreibt ihrer liebsten Tante:
Meine allerliebste Ela, ich hasse die Schule, die Lehrer sind alle alte, fiese Ex-KZ-Aufseher, eklige Menschen, die Schüler hassen – Kinderhasser.
Mein Mathelehrer, gefühlte 80 Jahre alt, hat noch „Lust", aber nur darauf, die Mädchen zu begrabschen.

Mein Leon ist nicht mehr hier, er studiert jetzt und wir sehen uns wenig. Ich will nur noch weg hier – bloß wohin?!

Mit Mami und Vati verstehe ich mich gar nicht, Kommunikation = Schweigen!

Ich will nur raus aus dieser verlogenen, piefigen Kleinstadt. Ich hasse die Kleinkariertheit der Leute und das Denunziantentum hier. Überall fühle ich mich beobachtet und kontrolliert.

Ich bin renitent, ich widersetze mich, wo ich kann, und ich lüge, dass sich die Balken biegen, nur um mir Freiraum zu verschaffen. Immer wieder werde ich enttarnt. Gerade hat mich wieder unsere blöde Nachbarin, Frau Wecker, verpfiffen, als ich aus dem Fenster gestiegen bin, um zu einer Party zu gehen. Eine Woche Stubenarrest! Jetzt wird mir mit dem Internat gedroht, im „Blackforest"! Angeblich bin ich für die Familie nicht mehr tragbar …!

Ich umarme Dich, Du fehlst mir, meine liebste Ela

Deine Nichte

*

In der Schule war sie nur noch renitent. Sie verweigerte sich, tat immer nur das Aller-, Allernötigste. Mittags bei Amos trank sie gern schon mal „zwei Viertele" Muskateller. Danach fühlte sie sich viel leichter ...!

Nachdem sie einen Aufsatz im Fach Deutsch völlig an die Wand gefahren hatte, wurde ihre Mutter zum Direktor gerufen. Er würde, oder „man" würde sich ernsthaft Sorgen und Gedanken um diese, doch sonst so gute Schülerin machen. Nach einer Elternkonferenz wurde ihr eröffnet: „Du kommst ins Internat, das ist für ALLE am besten!"

Alles hatten sie bereits geregelt und eingefädelt! Es ging in den Schwarzwald, schön weit weg von allem! Neunhundert Kilometer von ihrer Liebe und allen Freunden entfernt. Dann ging alles ganz schnell. Sie konnte sich gerade noch von allen engen Freundinnen und Freunden verabschieden – sie gaben ihr ganz viel „Liebespost" mit auf die Reise.

Ihre Eltern fuhren sie persönlich mit dem Auto hin – auf der Fahrt sprach sie kein Wort mit ihnen. Sie saß schweigend auf dem Rücksitz und starrte aus dem Fenster. Sie hasste dieses Internat schon, bevor sie es kannte. Sie setzte es auf eine Stufe mit „Knast"! ... Und weißt du keinen Rat, steck dein Kind ins Internat ...! Summte sie leise vor sich hin.

Ihre Eltern gingen mit ihr zur Schul-Internatsleitung, man begrüßte sie freundlich und die Hausleitung zeigte ihr das Zimmer in Haus II. Sie teilte es sich mit einer jüngeren Schülerin namens Bille. Sie verabschiedete sich nicht von ihren Eltern. Ihr monatliches Taschengeld überwies sie immer zurück. Eine volljährige Mitschülerin brachte ihren Konfirmations-Goldschmuck ins Leihhaus, damit konnte sie längere Zeit auskommen, dann verkaufte sie ihre Klamotten. Sie brauchte nicht viel.

Gleich am zweiten Wochenende tauchte Leon mit einem Kumpel im Schwarzwald auf, sie wohnten in einer billigen Pension um die Ecke vom Internat. Sie waren die neunhundert Kilometer getrampt! Er wollte ihr nur sagen, dass er sie liebte und auf sie warten würde. Das machte ihr etwas Hoffnung.

Zum Glück fand sie sofort Anschluss – sie traf Gina, sie kam aus der Pfalz und nahm sie am Wochenende mit zu sich nach Hause. Ihr Vater war Landarzt und sie wurde im Familienkreis aufgenommen und fühlte sich dort wohl.

Ihr neuer Mathelehrer sagte nach kurzer Zeit zu ihr: „Mein Mädchen, gib dir in diesem Fach bloß keine Mühe. Du wirst immer eine Fünf haben. Dafür bist du woanders toll und gut!" Bei ihm zu Hause gab's die besten Feste und den besten Wein. Sie waren oft bei ihm. Er war Vater von sieben Kindern!

Baden Württemberg hatte schon damals Zentralabitur. Sie wusste, dass sie hier nicht bleiben würde – und verweigerte sich. Selbst in ihrem Lieblingsfach Kunst verschloss sie sich und ließ nichts aus sich raus. Sie schrieb in allen Fächern schlechte Noten. Sie wollte sitzenbleiben – sie schaffte es auch.

Sie war das einzige „Nordlicht" in diesem Internat. Alle kamen aus wohlhabenden Familien aus Süddeutschland und waren aus sehr unterschiedlichen Gründen abgeschoben worden. Drogenrazzien waren jede Woche angesagt! Damit hatte sie – ein Glück – nie etwas zu tun.

Wegen guter Führung hatte man sie und Gina nach kurzer Zeit in einer Familie privat untergebracht. Aber all das zählte nicht – sie wollte nur weg! Nie wieder Berge!

Nachdem sie ihren Eltern die Botschaft, das Klassenziel nicht erreicht zu haben, überbracht hatte, gaben sie klein bei. Sie wurde wieder in der Heimat aufgenommen. Sie kam an ihre alte Schule zurück und wiederholte die Klasse. Dank des Kurzschuljahres hatte sie nicht so viel Zeit verloren. Ihr achtzehnter Geburtstag wurde mit einer riesigen Party gefeiert, alle alten Freunde aus der Heimat und alle neuen aus dem Internat kamen und auch Leon wurde wieder empfangen! ... Die große Versöhnung! Ihre Eltern feierten ausgelassen und fröhlich mit, als wäre nie etwas gewesen! Auf diesem Fest war sie vor Freude total blau ... besoffen vor Freude!

*

Am Abend vor ihrem schriftlichen Abi traf sie sich mit Leon bei Amos. Sie saß schon mit zwei Freunden am Tisch, als er ziemlich stark angetrunken dort ankam und sich zu ihnen setzte. Er war sehr merkwürdig drauf. Sie wollte los, wollte am nächsten Tag fit sein. Er wollte sie nach Hause begleiten. Kaum waren sie vor der Tür, machte er ihr eine Eifersuchtsszene, von wegen, sie hätte Paul gerade so verliebt angesehen, was denn zwischen ihm und ihr sei? Sie war sich keiner Schuld bewusst und schrie ihn nur an: „Du spinnst ja!" Plötzlich wurde er handgreiflich, riss sie an den Haaren und schlug ihr ins Gesicht. Das hatte sie noch nie erlebt! Sie ergriff die Flucht. Er ließ nicht von ihr ab – sie schlug im Affekt zurück. Dabei flog ihm seine Brille von der Nase und über einen Zaun in eine Hecke – ohne die war er fast blind! Sie rannte wie von Sinnen, so schnell sie konnte nach Hause.

Was sie nicht wusste: Ihre Mutter und ihr Bruder hatten sie schon in allen Kneipen gesucht. Es war kurz vor Mitternacht und sie hatten sich große Sorgen gemacht.

Die Haustür konnte sie mit zittrigen Fingern noch aufschließen, dann schmiss sie sich im Flur auf den Fußboden. Sie heulte, sie schrie, sie zitterte am ganzen Körper.

Ihre Mutter rief sofort ihren liebsten Onkel und Hausarzt, Onkel Kuno. Der war sofort da, nahm sie in seine Arme und drückte sie an sein großes, dickes Herz. Dann gab er ihr eine Beruhigungsspritze und blieb an ihrem Bett sitzen, bis sie eingeschlafen war. War das ihr erster Nervenzusammenbruch?

Am nächsten Morgen schrieb sie ihre sechsstündige Deutschklausur.

Sie bestand das Abitur mit der besten Fünf ihres Lebens in Mathe und einer Eins in Kunst –

insgesamt ein 3er Abi. Das reichte ihr völlig, Hauptsache, sie hatte das Kapitel Schule endlich hinter sich gebracht!

Und nun, nichts wie weg hier, aus diesem gottverdammten Kaff! Vorher machte sie Schluss mit Leon, er tat ihr nicht mehr gut. Sie musste ihre eigene Haut retten. Sie liebte ihn immer noch. Er war ihre erste große Liebe!

Fiese Liebe

Du kannst mich mal!
Du gehst mir am Arsch vorbei!
Du bist eine Fata Morgana!?
Du bist Einbildung!?
Du bist eine Illusion!?
Du bist ein Dogma!?
Du bist kein haltbarer Zustand!?
Kaum bist du da, schon wieder weg!
Wo hast du dich versteckt?!
Warum kannst du nicht bei mir bleiben?!
Wo hast du dich verkrochen?!
Wieso lässt du mich allein?

3. Wilde Zeiten

„Das Abi im Sack", endlich raus aus der kalten Heimat! Sie hatte den Blick, wenn auch aus dem Westen, auf diesen Zaun so satt! Immer war es klar für sie: Kunst studieren, das war ihre Vision. Ihr liebster Kunstlehrer unterstützte sie in ihrem Vorhaben. Er sagte: „Du bist die begabteste Schülerin, die ich jemals hatte in meiner Laufbahn." Er war kurz vor der Pensionierung.

Aber ihre Eltern machten ihr einen fetten Strich durch die Rechnung! „Kommt gar nicht infrage, brotlos, was bildest du dir ein – davon kannst du nie leben!" Sie war erst mit 21 Jahren volljährig und sie hatte keine Chance, gegen sie anzustinken.

Während ihrer Schulzeit hatte sie in einer Töpferei im Nachbardorf zwei Jahre lang vier „antiautoritär erzogene" Kinder gesittet. Mit den Eltern war sie dick befreundet und sie hatte dort viel Atmosphäre geschnuppert, in allen Bereichen: handwerklich, politisch, privat und menschlich. Also entschied sie sich für eine Ausbildung zur Keramikerin! Zu der Zeit war es ungewöhnlich, mit Abitur eine Lehre zu machen. Ihr standen alle Türen offen. Sie wusste, sie wollte ans Wasser, in den Norden. Sie landete an der Elbe, eine Stunde von Hamburg entfernt, am Deich von Harzhorn.

Die Schmerzen in ihrem Herzen waren noch ganz frisch. Sie liebte Leon immer noch – sie musste ihn sich aus dem Herzen reißen – es gab kein Zurück mehr.

In Glückstadt fand sie ein Zimmer direkt am Hafen, mit Klo im Keller. Die Familie half beim Um- und Einzug. Das Wandregal mit ihrer Glassammlung flog gleich in der ersten Nacht von der Wand – die Dübel hatten es nicht gehalten. Alles kaputt! „Scherben bringen Glück" – sollte das stimmen?!

Ihre Chefin trank schon morgens gern ein Gläschen, mittags saßen und aßen alle zusammen bei ihr in der Küche, außer ihr gab es noch zwei weitere Auszubildende, Jens und Ute. Da gab es gerne schon mal einen kalten Erdbeersekt. Der kostete damals 1,95 DM, davon waren 1,50 DM Sektsteuer. Aber der ging gut in die Birne! Abends, zum Feierabend, dann auch noch 'nen Kleinen und dann fuhr sie mit ihrem VW-Käfer in ihre Bude.

*

Schnell lernte sie die Dorfjungs und -männer kennen, in Kneipen und im Schwimmbad. Sie standen bei ihr Schlange. Irgendwann klopfte einer nachts mit dem Koffer in der Hand bei ihr an – er wollte bei ihr einziehen. Sie ließ ihn nicht rein. Ihr Herz war immer noch besetzt. Und wenn sie Sex mit anderen hatte, dachte sie immer nur an ihn – ihre große Liebe!

Auch er tauchte irgendwann bei ihr auf. Nachdem er wieder weg war, war alles noch viel schlimmer! Sie durfte ihn einfach nie mehr wiedersehen! Die Zeit heilt Wunden?!

Die Arbeit in der Töpferei machte ihr Spaß und sie fühlte sich angenommen. Gleich im ersten Lehrjahr fuhr sie für ihre Chefin allein mit ihrem Käfer zur internationalen Kunsthandwerkermesse nach Frankfurt. Alles im Auto verstaut, baute sie dort den Stand auf und verkaufte prächtig für sie. Da war sie gerade mal neunzehn Jahre alt. Sie wohnte bei einer Freundin ihrer Chefin privat außerhalb von Frankfurt. Wie schaffte sie das bloß alles, ohne Navi & Co.? Sie verfuhr sich mehrfach, fand aber immer den Weg und war immer pünktlich vor Ort.

Dann kam Kaja in ihr Leben!

Sie war ein „Menschentausch". Ihre Chefin musste damals ihren Sohn aus erster Ehe vor dem zweiten Mann retten, der bei ihr lebte und mit dem sie auch einen gemeinsamen Sohn hatte. Die Mutter von Kaja aus Rissen nahm den Sohn zu sich und Kaja, die irgendwann in frühen Jahren eine Töpferlehre angefangen, aber nicht beendet hatte, wollte nun diese Lehre zu Ende bringen.

*

Sie liebten sich vom ersten Tag an!
Kaja hatte lange rote Haare, braune Augen, Sommersprossen und ein leichtes Schielauge – das schielte richtig, wenn sie betrunken war. Und das war sie eigentlich täglich.
Sie war auch irgendwann einmal ausgebildete Krankenschwester gewesen, war aber vom Dienst suspendiert worden, weil sie, als diensthabende Schwester im Untersuchungsgefängnis, Pistolen-Elli die Zelle geöffnet hatte, um ihr Schmerzpillen zu verabreichen. Aber da war Elli schon auf dem Gefängnisdach und wollte sich runterstürzen – was sie nicht tat. Aber Kaja flog in hohem Bogen raus! Kaja hatte schon ein wildes Leben hinter sich. Sie war viel

älter als sie, aber herrlich verrückt und lustig! Sie hatte einen illustren Freundeskreis: Schauspieler, Schwule, Durchgeknallte, herrlich Verrückte, Intellektuelle. Sie war begeistert! Ab jetzt fuhren sie fast jedes Wochenende zusammen nach Hamburg. Sie kannte sich etwas in der Stadt aus, aber Kaja war szenebekannt. Egal, wo man mit ihr auftauchte – da liefen immer sofort mehrere Filme gleichzeitig ab! Kaja nahm alle Drogen, die ihr vor die Füße kamen. Sie trug immer eine dicke, fette Blechdose, bis zum Rand mit Pillen gefüllt, mit sich herum, davon schmiss sie sich zwischendurch immer ein paar auf einmal rein.

Sie nahm damals die Pille (Euginon?). Die sieben Placebos pro Monat tat sie ihr immer heimlich in die Dose. Mit Kaja war Lebensfreude und Spaß angesagt!

Sie kannte sich nicht nur in der Literatur gut aus, sie war auch fit im Schlagerrepertoire. Am Hafen von Glückstadt saßen sie oft gemeinsam bei Fritz in der Kneipe. Hier kamen ganze Bustouren vorbei. Nachdem sie Wärmedecken gekauft hatten, gab's noch 'nen „Kurzen" bei Fritz. Kaja stand, nachdem sie einige von diesen kleinen Gläsern intus hatte, auf einem der Kneipentische und sang „Sugar Baby" von Peter Kraus rauf und runter. Sie konnte mit ihrer Zunge zehnmal besser schnalzen als er! Hinterher hatte sie die Taschen voll mit 10-DM-Scheinen und Kleingeld, das ihr die Busrentner zugesteckt hatten!

Kaja kam aus einer hochintellektuellen, gebildeten Familie. Von Elias Canetti hatte sie alle Bücher gelesen.

*

Bevor Kaja in ihr Leben trat, hatte sie auf einem Studentenfest im Suff den Ostfriesen-Ono aufgetan. Sie waren zusammen im Bett gelandet. Er war irgendwie sympathisch, aber verliebt war sie nie in ihn. Nach dem Motto „Besser einen als keinen" blieb sie mit ihm in Verbindung. Er studierte Jura und arbeitete als Statist am Thalia Theater in Hamburg. Dort durfte sie auch des Öfteren backstage sitzen und hier berühmte Schauspieler hautnah vor ihren Auftritten erleben! Sie sah wie der Star des Ensembles Cognac aus Saftgläsern soff, bevor er die Bühne betrat. Hochachtung hatte sie – mit so viel Schnaps hätte sie keinen Satz mehr rausbekommen!

Ono spielte in ihrem Leben welche Rolle? Er war ein sensationeller Koch und er bekochte nicht nur sie, sondern die gesamte Zehn-Mann-WG, in der er damals in Hamburg hauste. Dort übernachtete sie auch oft am Wochenende, auf seinem selbst gebauten Hochbett. Ono hatte eine andere, besondere Begabung: Er konnte klauen, und zwar in großem Stil! Er ging in Supermärkte und packte seinen Wagen voll, bis über den Rand, nur mit den feinsten Dingen – er klaute nur gute Qualität: Gänse, Enten, Wein, Käse, Bohrmaschinen. Er wurde nie erwischt!

Er war Einzelkind, seine Mutter betrieb eine kleine Pension auf Baltrum und sein Vater war Lehrer. Sie war zwei Mal mit ihm zusammen dort, aber sie fand es immer schrecklich ungemütlich. Seine Mutter hatte einen Putzwahn. Sie saugte, wischte und fegte ständig, auch wenn man noch zusammen am Tisch saß und aß.

Sie wurde einmal von Ono bewusstlos neben dem Klo aufgefunden – da hatte sie alle Putzmittel, die als WC-Reiniger fungierten, gleichzeitig mit Sagrotan in die Kloschüssel geschüttet und war von den Dämpfen bewusstlos geworden. Diese Frau hatte einen „Vollschuss" und der sehr liebevolle Vater von Ono hatte keine Chance, sie hatte immer das letzte Wort. Vielleicht starb er deshalb auch lieber gleich nach seiner Pensionierung. Um seine Haut zu retten?! Sie fuhr aus Solidarität zu Ono mit zur Beerdigung seines Vaters auf die Insel.

Nach der Trauerfeier saßen alle schwarzgekleideten Gäste im Wohnzimmer. Es gab Häppchen, selbstgemacht von Ono, und dazu Schnaps und Ostfriesentee. Da kam die frische Witwe in Schwarz mit dem Staubsauger und saugte mal eben zwischen allen Gästen die Krümel auf. Da stand sie sofort auf, völlig konsterniert, und verließ den Raum, tuschelte Ono zu, sie müsse dringend hier weg. Er blieb, sie ging in die Kneipe um die Ecke. Das erste Schiff am nächsten Morgen war ihrs! Sie sah diese Mutter nie mehr. Ono und sie sahen sich dann in Hamburg wieder, er musste noch viel auf der Insel „regeln".

*

Sie brachte Ono auch mal mit nach Hause zu ihren Eltern. Es gab irgendetwas zu feiern und viele Freunde der Familie und ihre Brüder wa-

ren da. Ono wurde schnell als ihr Freund akzeptiert, zumal ein angehender Jurist?! ...
Ihr Vater machte den Vorschlag, dass alle mal gemeinsam verreisen sollten: sie, ihre Brüder, ihre Eltern und Ono! Zusammen in einem VW-Bus mit Zelten – eine Reise nach Norwegen. Na denn, drei Wochen – ihr erster Urlaub im ersten Lehrjahr.

*

Die Töpferlehre mussten alle drei Lehrlinge vorzeitig beenden. Der Mann der Chefin war mit einem scharfen Revolver bewaffnet, als Beamter vom Arbeitsamt Elmshorn suspendiert, schwerster Alkoholiker und nicht mehr zurechnungsfähig. Er drohte damit, jeden, der ihm vor die Füße kam, zu erschießen! Er wohnte mit der Chefin und dem gemeinsamen Sohn in dem Haus, in dem auch die Werkstatt war. In der Mittagspause durften sie nicht mehr die Toilette benutzen, gemeinsames Essen in der Küche gab's nicht mehr.
Die Chefin musste den Ausbildungsbetrieb schließen und vorzeitig alle drei Lehrlinge durch die Gesellenprüfung bringen. Der Gatte wurde dann zwar abgeholt und in die ge-

schlossene Anstalt nach Schleswig gebracht – doch die Lehrlinge mussten weg! Sie schafften es alle drei zusammen und feierten ihre bestandene Prüfung in Büsum auf dem Deich, dort war die Hauptausbildungsstelle für Keramiker. Sie hatte jetzt fast ein Jahr früher ihre Ausbildung beendet.

An der Hochschule für bildende Künste in Lerchenfeld, Hamburg, gab es die Möglichkeit, sich im Nachrückverfahren zu bewerben, allerdings nur für einen Studiengang: Kunst-Lehramt.

Sie wusste immer, was sie nie werden wollte: Lehrerin! Sie hatte ihr Leben lang die Schule mitsamt den alten, verkalkten und verkackten Lehrern gehasst.

Egal, ein Einstieg …?!

Sie bekam eine Privataudienz bei Prof. Dr. Schön. Der Chef der Uni empfing sie persönlich bei sich zu Hause in Eppendorf. Sie trug ein hellblaues Minikleid mit hohen Schuhen, nichts Besonderes. Lange blonde Haare – so sah sie immer aus.

Er führte sie in seine riesige Wohnung. Die war vollgestopft mit Büchern, Zeitschriften, teilweise bis zur Decke! Rosemarys Baby ließ grüßen! In einer kleinen Abseite saßen sie sich gegenüber, sie an der Wand, er vor der Tür. Sein Knie touchierte ihre, die Mappe lag auf seinen Knien, mit der rechten Hand bewegte er ihre Zeichnungen und mit der linken fummelte er ihr zwischen den Beinen rum. Der Satz: „Sie haben sich ja völlig festgemalt" war ihr geblieben – sie wollte hier nur noch weg und log, dass sie einen wichtigen Arzttermin hätte. Er ließ sie gehen.

Auch ohne Sex mit dem „Big Boss" gehabt zu haben, wurde sie zum Studium zugelassen. Viel später erfuhr sie, dass er gerne und viele Studentinnen vernascht hatte. – Nicht sie!

Das war Mitte der Siebziger, die Apo-Zeit und die vielen Studentenunruhen waren noch längst nicht vorbei – Bildungsnotstand. Diverse Vorlesungskräfte und Professoren glänzten durch Abwesenheit. Sie, die nun gerade zwei Jahre gelernt hatte, was Arbeit war – um sechs Uhr aufstehen, um sieben Uhr da sein und abends auch noch gerne länger bleiben – fiel in ein Loch. Sie wollte hier was lernen! Die Schilder: „Vorlesung fällt heute aus!" waren keine Seltenheit.

*

Sie fing an, in Kneipen zu arbeiten. Das machte ihr Spaß und sie verdiente richtig viel Geld. In den Szenekneipen am Großneumarkt hörten die Nächte erst morgens auf. Nachdem man die „Kasse gemacht" hatte, war es oft zwei oder drei Uhr morgens, da war man ja nüchtern und zog dann mit dem „harten Kern" noch um die Häuser. Brani, ihr jugoslawischer Arbeitskollege, kannte die letzten Kellerlöcher in Hamburg, in denen es noch was zu trinken und gute Mucke gab.

Sie wohnte bei Ono, er hatte sich aus der WG abgesetzt und hatte eine kleine Wohnung in einer der längsten Straßen in Ohlsdorf. Sie schlief auch oft bei Ilse, die wohnte direkt neben der Kneipe, in der sie jobbte. Ilse war angehende Lehrerin. Sie wohnte im Altbau, dritter Stock. Immer, wenn man ins Haus kam, öffnete sich im Erdgeschoss die Tür, nur einen Spalt. Nie konnte man jemanden sehen, hören oder erkennen. Man dachte sich nichts dabei. Eines Tages wurde diese Wohnung von der Polizei „gesprengt" – ausgehoben. Dort lebten zweiundvierzig Afghanen, die alle illegal dort waren und auf Baustellen vertickt wurden. Nie hatte man etwas von denen gehört oder gesehen.

*

Wenn sie nachts noch zu Ono fuhr, war das schon eine längere Tour mit dem Taxi, aber dann und wann „schlug sie bei ihm auf". Es war wieder sehr früh geworden. Es war Winter und sie sagte dem Taxifahrer die Adresse und Hausnummer von Ono. Sie war müde und fertig und musste wohl auf dem Rücksitz des Taxis eingeschlafen sein. Als sie wach wurde, saß der Taxifahrer mit ihr auf dem Rücksitz, hatte ihre Bluse geöffnet und knutschte ihre nackten Brüste! Sie war so schlaftrunken und ballaballa, dass sie ihm sogar noch die Tour bezahlte, obwohl er sie auch noch an der falschen Hausnummer aussetzte und sie eine Weile laufen musste, um zu Ono in seine eiskalte Wohnung zu gelangen. Die Briketts waren ausgegangen.

*

Dass dieses Leben auf Dauer zu keinem guten Ende führen würde, war ihr klar: Die Nächte durchmachen, am nächsten Tag nicht vor Mittag rauskommen. In der Uni ging sie einfach in Klassen oder Seminare, in denen sich etwas abspielte. Aktzeichnen, Technikkurse ... Doch

dann landete sie in der Abteilung, die ihr nahe-
stand: Keramik und Industrial Design!

Hier fühlte sie sich heimisch und die Dozenten,
mit Ausnahme des Chefs, mochten sie. Sie war
jeden Tag da und übte sich in Gipstechniken,
saß auch wieder an der Töpferscheibe, die
sonst niemand benutzte. Eines Tages sagte
Prof. Dr. Otto zu ihr: „Ich schenke dir alle
Scheine, die du brauchst, wenn du hier nur
abhaust!"

Jetzt war der Tag der Entscheidung gekommen
– weg hier – Lehrer nein – zurück zur Keramik!

*

Als Keramikerin bekam sie sofort zwei Ange-
bote auf Sylt, um für eine Saison dort zu arbeiten. Arbeit schön und gut, aber eine bezahlbare
Unterkunft während der Saison zu finden, war
auch in den Siebzigern so gut wie nicht mög-
lich. Kurz vor der Aufgabe bot ihr ein Freund
von der Insel einen alten VW-Bus ohne Motor
an – den kaufte sie ihm für 5 DM ab. Er brachte
ihn auch noch auf den teuersten Campingplatz:
Kampen. Da konnte sie ihn umsonst stellen.
Der Ex-Mann ihrer Freundin arbeitete dort –
und er kam von der Insel.

Sie fuhr damals einen NSU-Prinz. Sie hatte zwei Arbeitgeber. Der erste hatte eine Töpferei in Rantum, nach zwei Wochen wollte er sie heiraten. Nichts wie weg!

Die zweite Arbeitgeberin hatte eine wunderschöne alte Gärtnerei als Werkstatt in Westerland, in einem alten Gewächshaus – ein Traum! Hier wurde sie ständig von irgendwelchen Männern heimgesucht, die sie nur als „Ausstellungsstück" haben wollten, alte Säcke, die mit Champagner ankamen. Ein schwarzes VW-Cabrio wurde ihr vor die Tür gestellt, zur freien Benutzung – die Auflage war nur, bei dem Besitzer einzuziehen! Als sie dann noch von dem Lover ihrer Arbeitgeberin eine Kopfnuss per Faustschlag bekam, nahm sie ihre Koffer und verließ die Insel. Vorher erstattete sie noch bei der Polizei Anzeige wegen Körperverletzung.

*

Kurz darauf bekam sie ein Angebot, für ein paar Monate auf Juist zu arbeiten. Dort hatte sie tolle Arbeitgeber, eine wunderbare Arbeitsatmosphäre mit guter Bezahlung und war umgeben von netten Arbeitskollegen. Ono sah sie kaum noch. Nach dem Tod seines Vaters telefonierten sie ab und zu. Er war auf Baltrum bei seiner Mutter und half ihr. In der Zeit auf Juist erhielt sie den Anruf ihrer Mutter: „Omi" wäre gestorben. Sie müsste nicht zur Beerdigung kommen, sie sollte sie so in Erinnerung behalten, wie es für sie richtig wäre. Sie war hin- und hergerissen, aber sie blieb auf der Insel.

Das einzige Mal, an dem sie während ihres Vertrags die Insel verließ, war in einer Mittagspause. In der flog sie mit einem kleinen Flugzeug aufs Festland und ließ sich bei einem Frauenarzt die Spirale entfernen. Sie war wieder rechtzeitig zum Arbeitsanfang nach der Mittagspause zurück. Darüber hatte sie mit niemandem geredet. Das Scheißding hatte ihr so viele Schmerzen bereitet!

*

Nach Juist bekam sie das Angebot, in einer Töpferei im Museumsdorf in Cloppenburg zu arbeiten. Nach einer kurzen Probezeit entschied sie sich, dorthin zu ziehen. Mit den bereits dort ansässigen Keramikern Hannes, Inga und Erne verstand sie sich sehr gut und sie zogen alle zusammen in ein Haus mit Garten, fußläufig zu ihrer Arbeitsstelle.

Kaum war sie dort eingezogen, stand Ono mit seinem Koffer vor der Tür! Er hatte sich mit seiner Mutter überworfen und wusste nicht, wohin. Sie liebte ihn nicht, er tat ihr leid. Nach Absprache mit der Wohngemeinschaft bekam er das kleine freie Zimmer. Sein Jurastudium hatte er geschmissen und nun wollte er eine Tischlerlehre machen. Im Nachbarort bekam er eine Lehrstelle.

Irgendwann in dieser Zeit hatten sie gemeinsam Sex und sie wurde schwanger. Die Frage, dieses Kind zu bekommen, ergab sich gar nicht. Sie fuhr mit ihrer Freundin Hanna zusammen nach Holland und ließ es wegmachen.

Ono erzählte sie es danach. Sie hielt den Kerl nicht mehr aus. Der „Knoten", so nannte ihn Kajas Mutter immer, schnürte ihr alles zu. Und da er nicht verschwinden wollte aus ihrem Leben, bereitete sie ihren „Abflug" vor. Sie kündigte heimlich.

Mit ihrem Bruder Hög aus Hamburg zusammen mietete sie zum Nachttarif einen LKW und am nächsten Morgen wohnte sie bei ihrem Bruder. Ono machte seine Ausbildung in Cloppenburg zu Ende. Irgendwann stand er wieder vor ihrer Tür, in Hamburg. Sie ließ ihn nicht rein, machte nur wortlos die Tür zu. Das war's!

*

Kaum in „ihrer" Stadt angekommen, verliebte sie sich in einen Griechen. Er arbeitete in der Firma ihres Bruders und über ihn lernte sie ihn kennen. Ein Grieche, wie er im Buche stand! Petrus war ein bildschöner Mann mit Feuer im Arsch, sehr sexy, und hatte viel Temperament. Er tanzte auch gern mal in Hamburger Kneipen auf den Tischen. Sie war völlig hin und weg! Er legte großen Wert auf gute Kleidung und war immer „aus dem Ei gepellt". Sie fing plötzlich an, sich als Dame zu verkleiden. Ihre Freundinnen lachten sich kaputt – sie mit Seidenstrümpfen und Pumps! Sie rannte zum Friseur und ließ sich Locken machen und die Fingernägel lackieren. Er war viel im Ausland unterwegs und wenn er weg war, trug sie wieder ihre Latzhosen. Von Abu Dhabi zurückgekommen, schenkte er ihr eine fette Perlenkette! Das war ihr Verlobungsgeschenk! Oh Gott, sie hasste Perlenketten und ihr ging das alles viel

zu schnell. Auf Dauer ein Damenleben zu führen – das war sie nicht.

Sie sagte „Tschüss" zu Petrus.

Er war sehr in seiner Eitelkeit gekränkt, mit
ihm hatte noch nie eine Frau „Schluss gemacht" – immer war er in der Vergangenheit
derjenige gewesen, der den Damen den Lauf-
pass gegeben hatte! Von seiner ersten Ehefrau
hatte er sich getrennt, weil sie immer so unge-
pflegte Füße hatte.

*

Jahre später trug sie noch eine Lederjacke, die
er ihr mal geschenkt hatte, sie war angeblich
aus „Büffelvorhaut"! Sie liebte diese Jacke, irgendwann klaute man sie ihr in einer Kneipe.

Die Perlenkette tauschte sie in einer Silber-
schmiede gegen einen traumhaften Silberarm-
reifen ein. Den trug sie gerne und mit Freude
und lange!

4. Jens

Sie lernte ihn auf einer Silvesterparty kennen, in der Küche einer WG in Hamburg. Er war mit seiner Freundin da. Nach Mitternacht knutschten sie und sie sagte ihm ihre Telefonnummer. Zwei Tage später waren sie verabredet und landeten danach „in der Kiste"! Danach machte er Schluss mit seiner Freundin.

Zu dem Zeitpunkt hatte sie zwei andere Lover, nun waren es drei. Sie wollte sich rächen an der Männerwelt, die fickten doch sonst immer um sich herum alles, was sich gerade so anbot. Jetzt hatte sie mal den Spieß umgedreht und sie machte die Ansagen! Ihr Problem war nur, dass sie mit den kurzen Namen immer durcheinanderkam. Und so kam es, da sie nicht mehr wusste, mit wem von den dreien sie gesprochen hatte, dass sie drei Mal hintereinander alle drei zu Coq au Vin einlud. Jeden Tag kaufte sie ein neues frisches Huhn und jeder Abend verlief gleich.
Die Jungs kamen alle drei jeweils mit einer Flasche Wein unter dem Arm an, man aß und trank und landete danach im Bett! Sie hatte die Pille nicht vertragen und sie abgesetzt.

Nach fünf Wochen war sie schwanger. Jens war der Erste, den sie nach einem gemeinsamen Opernbesuch in der Bar zu der Thematik „Wer ist der Vater?" ansprach. Seine spontane Reaktion imponierte ihr sehr. Er sagte zu ihr: „Egal, wer es ist, ich heirate dich sofort!" An diesen Satz konnte er sich Jahre später nicht mehr erinnern! Der Freiberufler, dem sie auch reinen Wein einschenkte, verwies sie sofort an Jens. Er meinte: „Der Lehrer ist ein guter Typ, heirate den!" Den dritten weihte sie dann nicht mehr ein.

Jens sah ihrem Vater sehr ähnlich, er war ein gutaussehender, schöner Mann! Er war Opernfreak. Sie hatte bis dato mit Opern nichts am Hut, aber sie war lernfähig und er führte sie in die Welt der Sirenen und Diven ein.

In Anzug und Schlips und mit einem dicken Rosenstrauß – den hatte sie besorgt – hielt er bei ihren Eltern um ihre Hand an! Hatte ihre Omi nicht immer zu ihr gesagt: „Mein Kind, heirate später mal einen Lehrer! Der hat Zeit für dich!"

Nach dem Antrag gab es Sekt in Strömen und ihre Mutter stürzte sich sofort in die Hochzeitsvorbereitungen. Der Termin wurde gleich klargemacht, der Raum nach hinten bis zur

Geburt sollte drei Monate sein – also Fete im September, damit sie noch mit abhotten konnte! Ihre Mutter liebte es, Feste zu organisieren, und sie machte das großartig!

Jens zog aus seiner Zweier-WG zu ihr in die Wohnung, in der sie bis dato mit ihrem Bruder gelebt hatte. Der zog ein Stockwerk höher im Haus.

Vor ein paar Wochen, als sie noch keine Ahnung von der Schwangerschaft gehabt hatte, war sie mit Blasenproblemen bei einem Nierenfacharzt zum Röntgen gewesen.

Als ihr Frauenarzt bei der ersten Schwangerschaftsuntersuchung den Bericht des Nierenfacharztes gelesen hatte, sagte er: „Das Kind können Sie nicht bekommen." Ihr wurde ein Rezept auf „medizinische Indikation" ausgestellt. Im Klartext hieß das, der Embryo sollte auf Rezept abgetrieben werden. Schnell bekam sie einen Termin im Krankenhaus. Nach dem Eingriff ließ sie sich vorzeitig entlassen. Man hatte sie mit einer sterbenden Krebspatientin in ein Zweibettzimmer gepackt, das konnte sie nicht aushalten! Danach gab's noch eine Eierstockentzündung mit einer fiesen Behandlung und Antibiotikum.

Ihre allerliebste Tante Ela hatte ihr zum „Junggesellinnenabschied" ein paar Tage London mit ihr geschenkt – da wollten sie zusammen saufen, rauchen und ein Hochzeitskleid kaufen! Und „The Mouse Trap" stand auf ihrem Programm ... Die Hochzeitskleider in London fanden beide grausam. Sie kaufte sich kurz vor der Party in Hamburg einen „Fummel"!

Ela war es auch, die Jens absegnen musste, bevor sie ihm das Ja-Wort auf dem Standesamt geben würde. Jens und Ela hatten eine gemeinsame „Wellenlänge", sie mochten sich! „Den kannste heiraten!" Na denn!

*

Einen Tag vor der Hochzeit meldete sich wieder ihre Blase! Der Druck war nicht auszuhalten. Schnell fuhr sie zu Onkel Kuno, ihrem Seelenarzt. Der drückte ihr eine fette Pille in die Hand und sagte: „Nimm die, das ist die Flitterwochenkrankheit!" Antibiotikum – das kannte ihr Körper gut und es half wie immer sofort. Die Hochzeitsfeierlichkeiten dauerten insgesamt vier Tage und über hundert Leute freuten sich über eine super Party.

*

Im Frühling danach war sie wieder schwanger. Sie verlor das Kind im dritten Monat, „ein Windei", sagte man. Ihr wurde eine Spritze verabreicht, die sollte den Muttermund öffnen. Sie wusste nicht, wie ihr geschah – Schmerzen, die sie noch nie in ihrem Leben gehabt hatte! Sie schrie die Station zusammen.

Man setzte ihr eine Ordensschwester mit Haube ans Bett. Sie hielt ihr stundenlang die Hand, sprach ihr Trost zu und beruhigte sie. Jens war in Hamburg und hatte Schule, sie war am Zonenrand und hatte das Haus ihrer Eltern gehütet, als es passierte. Ihre Eltern waren im Urlaub. Er holte sie hinterher mit dem Auto ab.

Knapp zwei Jahre nach ihrer Hochzeit gebar sie einen gesunden Sohn per Kaiserschnitt. Welch großes Glück! Während der OP verlor sie viel Blut und danach gab es alle Komplikationen, die es nach einer Geburt geben konnte: „Kindbettfieber", „Wochenflusstau". Den kleinen Chris konnte und durfte sie nicht stillen, man hatte sie mit Medikamenten vollgepumpt und sie verbrachte zwei Wochen auf dieser privaten Gebärstation im Delirium.

Völlig ausgepumpt, aber glücklich kam sie dann mit ihrem Sohn in ihr neues Zuhause. Ein paar Monate vorher hatte ihr Stiefvater ein Haus auf dem Land gekauft. „Als Anlage", so sagte er – diese Anlage hatten sie nun bezogen. Jens hatte eigentlich keinen Sensor für das Landleben, aber ein Fotolabor im Haus zu haben, das überzeugte ihn dann doch.
Sie zahlten Miete an ihren Stiefvater.

*

Mutter und Kind waren kaum angekommen, da wurde Jens von einem Freund zum Segeln abberufen – Osterferien. Mit fliegenden Fahnen kamen ihre Mutter vom Zonenrand und Tante Trudi aus Lübeck, um ihr beizustehen und sie zu unterstützen. Ohne sie hätte sie alt ausgesehen. Sie war noch sehr lange sehr schwach.

*

Omis Satz: „Lehrer haben Zeit für dich!" bewahrheitete sich gar nicht! Ganz im Gegenteil: Dieser Lehrer glänzte durch häusliche Abwesenheit, speziell, wenn es um Arbeit ging: Rasenmähen, Renovieren, Einkaufen etc. Seine

Hobbys, wie Oper, Segeln, Klassenfahrten und freiwillige Berufsfreizeiten, nahmen viel Raum ein. Er hatte das Auto, mit dem er jeden Tag zur Schule nach Hamburg fuhr. Sie hatte ein Fahrrad und ging zu Fuß. Er kam meistens, wenn alle Läden geschlossen hatten. Ihr Kind schlief, wenn er abends kam. Sie kann sich nicht erinnern, dass er den Sohn einmal gewickelt hat. Das Haus, in das sie eingezogen waren, war düster. Sie fing an, alle Zimmerwände, Decken, Türen und Treppen weiß zu streichen. Sie tat es, wenn er auf Klassen-Skireise oder auf Segeltörns war, ohne Absprache mit ihm.

Wenn er von seinen diversen Unternehmungen zurückkam und das gelungene Resultat betrachtete, sagte er immer: „Das haben wir aber schön gemacht!" Von wegen „wir"!

Jens war segeln, sie renovierte gerade das Gästezimmer, als sie einen Anruf von ganz lieben alten Freunden bekam, sie sollte spontan zu Ingis Geburtstagsfeier kommen. Sie hatte das Auto, ließ alles stehen und liegen, packte Chris auf den Kindersitz und sie fuhren los. Es war so schön, sie blieben länger und als sie mit Chris zurückkam, erwartete sie ein aufgebrachter, wütender Jens. Was ihr einfiel, das Haus so zu verlassen – eine Baustelle! Dieser Dreck, und nichts im Kühlschrank! Er hatte nichts angerührt, nicht weitergearbeitet – stattdessen machte er sie fertig?!

Sie war selber schuld, immer war sie es gewesen, die alles in die Hand genommen hatte, er hatte nie einen Blick für Ästhetik oder „Schöner-Wohnen-Aspekte".

Immer wenn sie wütend auf ihn war, schrieb sie einen Brief an seine Mutter. Sie lebte am Bodensee und hatte, als Flüchtlingsfrau aus einem großen Haushalt kommend, drei Kinder allein großgezogen. Ihr Mann, mit dem sie verheiratet wurde, war in Ahlbeck Zahnarzt gewesen und hatte diese Frau mit zwei kleinen Kindern und einem im Bauch auf die Flucht geschickt. Jens war 1943 geboren und jedes Jahr danach kamen noch zwei Schwestern. Diese Mutter mochte sie sehr. Sie erzählte wenig über ihr Leben, aber sie schrieben sich immer lange Briefe. Und Jens lagen diese Briefe immer vor, um sie zu „unterschreiben". Viele davon wurden nie abgeschickt, weil sie eine einzige Anschuldigung für sein selbstverliebtes Verhalten und seine unsoziale Ader waren.

Irgendwann entschuldigte sich seine Mutter mal bei ihr für seine (schlechte) Erziehung. Sie konnte es nicht revidieren. Er durfte als kleiner

Junge schon auf dem einzigen Sessel sitzen, den es in der armen Wohnung gab, und Opern aus dem Radio hören, während seine zwei Schwestern die Kohlen aus dem Keller holten oder abwaschen mussten!
Dieser Jens konnte also gar nichts für sein asoziales Verhalten?!

*

Egal, sie hatte die Faxen dicke, dieses Leben wollte sie so nicht weiterleben. Er lebte ein Ego-Leben mit Frau und Kind – die waren backstage. So ging es nicht weiter. Eine Freundin hatte ihr bereits eine „Anbauwohnung" in Hamburg angeboten, aber die konnte sie nicht bezahlen. Wie sollte sie aus dieser Chose herauskommen?
Sie fuhr mit Chris zu ihrer liebsten Tante. Sie musste mit ihr alles bereden. Wie sollte sie von ihm wegkommen?!
Heulend kam sie bei Ela an. Sie hatte gerade Besuch von einer Freundin, die in Südamerika lebte und sich in ihrer Klinik, in der sie arbeitete, das vierte ungewollte Kind hatte wegmachen lassen. Sie kotzte sich verbal bei Ela aus

und ihr war wirklich zum Kotzen! Ihr war übel!

Am nächsten Tag machte sie einen Schwangerschaftstest: positiv! Sie war ein Scheidungskind. Ihre Kinder sollten keine Scheidungskinder sein, dafür wollte sie kämpfen! Ela rief Jens an und er war schnell da.

Zu dritt führten sie ein langes Gespräch, in dem Ela ihm mit ihren Worten die Situation schilderte. Er müsste mehr Einsatz zeigen, immer im Gespräch sein und sich mehr um alles kümmern.

Es war ein einvernehmliches Gespräch und ein Gefühl wie Hoffnung und die Liebe, die wieder erwachen könnte, machten sie weich. Sie küssten sich und versprachen sich: Liebe!

Am nächsten Tag fuhren sie zusammen nach Hause.

Bis zur Geburt von Jul – er wurde fast in der Oper bei einer Aufführung von „Semiramis" mit Montserrat Caballé geboren – war alles gut. Jens war aufmerksam, er war da und mähte auch mal den Rasen oder wickelte seinen zweiten Sohn. Doch das hielt nicht sehr lange an. Er verfiel wieder in seine alten Muster – eigentlich hatte er immer ein Junggesellendasein mit Familienanschluss geführt.

Urlaub mit Jens: Bis auf ganz wenige Ausnahmen, ganz am Anfang ihrer Beziehung, kann sie sich an keinen harmonischen oder fröhlichen, entspannten Urlaub mit ihm erinnern! Auf ihrer ersten gemeinsamen Skireise, zu der er sie eingeladen hatte (er wollte dabei seinen Ausbildungs-Skischein machen), hatten sie Sex im Stehen auf dem Männer- oder Frauenklo und sie schliefen in Mehrbettzimmern, Weibchen von Männchen getrennt. Ski fuhren sie in getrennten Gruppen. Das Kantinenessen war grottenschlecht, obwohl sie in Frankreich waren, das eigentlich bekannt war für seine gute Küche.

Die Skiferien mit den Kindern verbrachte sie die meiste Zeit auf Skihütten, wartend auf ihn, weil er immer mit Schülergruppen unterwegs war.

*

Zwischen „Öd" und „Hungersacker" in Bayern verbrachten sie mit den Kindern Ferien auf dem Bauernhof seiner Schwester. Hier saß sie mit den Kindern am Weiher, während der Gatte mit Schwester zum Tennisspielen fuhr und abends in Regensburg noch unbedingt Konzerte anhören musste. Sie kochte selbst, bis auf eine Ausnahme: Da lud sie die Familie in den Dorfgasthof ein, das war an einem Sonntag, da hatte sie frei!

*

Ihr letzter Urlaub war von allen Voraussetzungen das Optimum! Ein Traumhaus in Ligurien von einer Architektin – vier Terrassen, für jede Tageszeit eine! Sie hatte gerade mal viel Geld für einen großen Auftrag bekommen und das setzte sie voll ein! Einmal Ferien, die ihren Vorstellungen entsprachen!

Das Haus stand in einem urbanen Dorf mit Läden und Kneipen drum herum und dem Meer um die Ecke.

Sie saß am Strand, die Kinder spielten und sie war in das Buch „Salz auf unserer Haut" vertieft. Das war ein Bestseller, eigentlich ein Edelsoftporno. Sie kroch in dieses Buch und spürte plötzlich die schreckliche Leere in ihrer Beziehung – sie hatte keine Lust mehr auf Sex, Berührungen: bloß nicht! Gemeinsame Themen gab es nicht mehr. In diesem Buch wurde sie mit einer so tiefen Liebesbeziehung konfrontiert, die sie zum Heulen brachte, und ihr wurde klar, in welch liebloser Armut sie lebte.

*

Das Urlaubshighlight war die Bekanntschaft mit einem Ehepaar aus Hamburg. Sie hatten schon viele Jahre ein Haus in diesem Ort und lebten dort. Sie verbrachten Zeit zusammen und sie wurde zu ihnen eingeladen. Die Kinder saßen am Tisch und malten – da entdeckte sie den kleinen Zettel! Jul hatte einen Grabstein auf einem Hügel gemalt und seinen Namen auf den Stein geschrieben! Sie war entsetzt und zeigte den Zettel ihrer neuen Urlaubsfreundin, ehemals Lehrerin an einer Konfliktschule in Hamburg. Sie blieb ganz ruhig und sagte: „Das ist typisch für Kinder, die in einer schweren Krise der Eltern leben – sie wollen tot sein, weil sie denken, die Ursache des Konflikts zu sein." Sie war kurz davor, in Tränen auszubrechen – ihr war schwindelig – in ihrem Kopf raste es! Wie konnte und wie sollte sie sich mit den Kindern retten? Wie ...?!
Auf der Rückreise von Italien nach Deutschland wurde kaum gesprochen – die Luft zwischen ihr und Jens war zum Schneiden. Die

Kinder hörten Kassetten. Er hatte ihr gerade mitgeteilt, dass er gleich am nächsten Tag nach der Ankunft für drei Wochen zum Segeln in die Türkei fahren würde.

Kaum war der Arsch weg, brachte sie die Kinder zu ihren geliebten Großeltern aufs Land.

Sie hatte für ein paar Tage auf einem renommierten Töpfermarkt einen Stand und verkaufte dort ihre Kunst.

Ihre liebste Tante Ela besuchte sie dort und sie berichtete ihr von den letzten Dramen ihrer Ehe. Die Idee, es nochmal mit Profis zu versuchen, sprich: Ehetherapie, wozu natürlich zwei gehörten ...!?

*

Auf dem Töpfermarkt lief ihr am nächsten Tag der Bruder einer alten Freundin aus Köln über die Füße: Luc! Sie hatten sich Jahre nicht gesehen und fielen sich in die Arme. Abends, zusammen in der Kneipe, knutschten sie wie junge Teenager und als der Laden dichtmachte, nahmen sie sich ein Doppelzimmer in einem Hotel um die Ecke und vögelten die ganze Nacht! Danach sahen oder hörten sie nie wieder voneinander. „Es geht also doch noch! Sex und Liebelei!", dachte sie und grinste in sich hinein!

Kaum kam sie zu Hause an, wurde ihr ein riesiger Blumenstrauß per Fleurop gebracht, mit einer wundersamen kleinen Liebesbotschaft von Luc.

*

Weil die Ehetherapie von der evangelischen Kirche nichts kostete, willigte Jens ein, mitzumachen. Zehn Sitzungen, aber auch Frau Müller, die Therapeutin, konnte nicht nachhaltig helfen. (Oder hatte die Kirche sich an ihnen gerächt? Beide waren ausgetreten, sie aus ethischen und politischen Gründen, Jens aus steuerlichen.)

Den Abschiedsbrief an Jens überarbeitete sie mehrfach oder schrieb ihn neu. Sie gab den Brief ihren Schwägerinnen zu lesen – sie waren auch voll auf ihrer Seite. „Trenn dich von dem, bevor du draufgehst!", war ihr Tenor. Eigentlich waren alle engen Freunde eingeweiht, alle wussten, es muss sein. – Bloß wann?

Als Chris von einem Kindergeburtstag vorzeitig nach Hause geschickt wurde, weil er einen Schulfreund ohne ersichtlichen Grund ins Gesicht geschlagen hatte, klingelten bei ihr wieder alle Alarmglocken! Noch nie war Chris ausgeflippt, eher ließ er sich verkloppen, ohne sich zu wehren!

Bei einem Gespräch mit seiner Klassenlehrerin erfuhr sie, dass er bereits seit Wochen im Unterricht nicht aufnahmefähig war und durch geistige Abwesenheit glänzte. Sie selbst war kurz davor, sich totzusaufen. Jeden Abend musste der Wein her, um in den Schlaf zu finden. Tabletten kamen nicht infrage.

*

Am Heiligen Abend war es dann so weit.

Die Kinder schliefen längst, als spät ein guter Freund anrief, um zu fragen, wie der Stand der Dinge sei.

Sie heulte ins Telefon: „Das war das zweitschlimmste Weihnachtsfest meines Lebens. Jetzt trenne ich mich!" In dem Moment trat Jens in den Raum und sagte: „Ach ja? Du trennst dich?" Da schmiss sie ihm den zehnseitigen Abschiedsbrief vor die Füße.

*

Dann trat das ein, was ihr eine ganz alte Frau, die schon im Krieg den Frauen die Karten gelegt hatte (ob die Männer aus dem Krieg wiederkommen oder nicht), vor einigen Monaten auf Plattdeutsch vorausgesagt hatte: „An einem hohen Feiertag trennen Sie sich.

Ihr Mann fährt in die Berge. Die Kinder bringen Sie an einen sicheren Hort in der Familie. Sie sind in einer kleinen privaten Stube in der Stadt."

Diese Durchsage hatte sie ein Pfund Kaffee gekostet.

*

An diesem Heiligen Abend rief Jens' Schwester aus Österreich an und lud ihn zum Skilaufen nach Österreich ein. Sie rief ihre Mutter an und teilte ihr mit: „Ich trenne mich von Jens." Ihre Rückfrage: „Geht er denn fremd?" ging ihr voll am Arsch vorbei. Sie schrie ins Telefon: „Die Kinder und ich gehen vor die Hunde!"

Am ersten Weihnachtstag brachte sie Jens zum Bahnhof, ihre Kinder zu ihren Eltern und folgte der Einladung eines guten alten Freundes, seine Eineinhalb-Zimmer-Wohnung in der Stadt zu benutzen. Er war verreist. Sie hielt das gro-

ße, leere Haus mit dem Weihnachtsbaum nicht
aus! Bevor sie in Mikes Wohnung fuhr,
schmückte sie den Baum ab und schmiss ihn
vor die Tür. In der kleinen Stadtwohnung fühlte sie sich geborgen und sie hatte gute alte
Freunde um sich.

*

Kurz nach Silvester kam Jens aus Österreich
zurück. Sie hatte schon alle seine Sachen in Kis-
ten verpackt. Sie gab ihm Erbstücke von Omi
mit, u. a. ein Biedermeiersofa mit Tisch und
Stühlen, das Hochzeitsgeschenk. Sie mochte es
sowieso nicht mehr. Dazu kostbare alte Gläser
etc.
Der Schrott, mit dem er zu ihr gezogen war,
den ließ er im Keller stehen.
Er konnte bei Wolfram einziehen, der wohnte
im Nachbardorf, war Millionär und wohnte
allein (frisch getrennt von ihrer Freundin Babs.
mit zwei Töchtern) in einer riesigen, eiskalten
Villa.
Kaum war er aus dem Haus, brachten ihr ihre
Eltern die Kinder zurück. Sie blieben bei ihr.
Chris wiederholte die dritte Klasse und sie fuhr

ein Jahr lang mit ihm einmal die Woche zur Therapie ins Institut für Kindesentwicklung.

Jul, so die Fachfrau, hätte zum Zeitpunkt der Untersuchung keine Auffälligkeiten, also keinen Therapiebedarf.

Es wurden feste Regeln festgesetzt, wann und wie oft die Jungs ihren Vater treffen sollten, und sie bekam das erste Mal richtig Geld von Jens, den monatlichen Unterhalt, der ihr zustand!

Wie oft hatte sie davor am Monatsende Armut im Portemonnaie gehabt und oft nicht gewusst, wie sie über die Runden kommen sollte! Irgendwie hatte sie es immer geschafft, heute weiß sie nicht mehr, wie.

*

Was ihr die Kartenlegerin auch noch vorausgesagt hatte, war: „Ihr Gatte tröstet sich ganz schnell mit einer gemeinsamen Freundin, die auch in Trennung lebt."

Keine sechs Wochen nach seinem Auszug war Jens mit Ellen zusammen.

Die schönste und lustigste Beschwerde, die ihr aus dem noch gemeinsamen Freundeskreis zugetragen wurde, war: „Sie hat ihm nicht mal ein Bügeleisen mitgegeben!" Als hätte der Arsch nur einmal ein Oberhemd gebügelt!

FIESE LIEBE

Du kannst mich mal!
Du gehst mir am Arsch vorbei!
Du bist eine Fata Morgana?
Du bist eine Illusion?
Du bist ein Dogma?
Du bist kein haltbarer Zustand?
Kaum bist du da, schon wieder weg?
Wo hast du dich versteckt?
Warum kannst du nicht bei mir bleiben?
Wo hast du dich verkrochen?
Wieso lässt du mich allein?

5. Wolf

Sie kniet auf dem Fußboden ihres Büros und wühlt aufgebracht und voller Wut in den letzten Scheidungspapieren. Gefühlte tausend Seiten, gestapelt und mit einem Gummi verschnürt – nun liegen alle notariellen und gerichtlichen Ergüsse zu ihren Füßen. Wo sind bloß die „verkackten" notariellen Verträge? Das Scheidungsurteil findet sie auch nicht ...

Eigentlich ist sie doch so ordentlich! Beim dritten Mal des Durchblätterns: Endlich, sie sind da – sie ist einfach zu hektisch.

Sie liest den Vertrag noch einmal durch. Ganz eindeutig: Er muss noch bis zum Renteneintrittsalter zahlen und das hat sich laut Gesetz nun sieben Monate mit dem fünfundsechzigsten Lebensjahr nach hinten verschoben.

Nun geht das wieder von vorne los mit der ganzen Anwalt-Scheiße – sie ist das erste Mal richtig wütend auf Wolf. Bisher tat er ihr immer nur leid.

Wie sehr hatte sie diesen Kerl mal geliebt – mehr als sich selbst. Sie wollte mit ihm zusammen alt werden – das war ihr festes Ziel. Über zwanzig Jahre ist es immerhin gut gegangen und sie hatten wunderbare Zeiten miteinander. Sie hielt ihm den Rücken frei, kümmerte sich um seine Familie, bekochte Geschäftsfreunde mit Vier-Gänge-Menüs, begleitete und gestaltete seine Messen mit, erweckte die traurigen Zimmerpflanzen in den Firmenbüros wieder zum Leben, besorgte Geschenke für die vielen Geschäftsfreunde und verpackte sie mit Liebe.

Wolfs tägliche Bestellzettel erledigte sie, seine Privatsekretärin, immer schnell und zuverlässig. Dafür bekam sie die schönsten Blumensträuße der Welt!

Nebenbei erzog sie ihre beiden Söhne aus erster Ehe zu eigenständigen Menschen.

*

Sie wollte nie allein sein, erst recht nicht, wenn die Endlichkeit in Sicht ist! Er verließ sie, er hatte nicht den Arsch in der Hose, um eine Therapie zu machen. Stattdessen zog sie sich über drei Jahre eine Verhaltenstherapie und diverse andere Therapien in Sachen „Eherettung" rein. Gurus und Fachmediziner verdienten viel Geld an ihr.

Ihre Verhaltenstherapeutin setzte sie eines Tages mit dem Satz vor die Tür, sprich: erklärte sie für austherapiert: „Sie haben alles versucht. Wenn er nichts unternimmt, müssen Sie sich trennen." „Dann bin ich ja ganz allein", heulte sie los. Antwort der Therapeutin: „Das sind Sie schon lange."

Wie recht sie hatte!

Statt Pillen gegen Depressionen schmiss sie sich in die Kunst und während der Arbeit war sie weg von dieser Welt. Sie arbeitete viel. Sie hatten aus tiefer Liebe geheiratet – bis zum Ende sollte es so bleiben …!

Sie war immer eine Kämpferin für sich und andere. Das konnte sie gut – sie hatte Durchhaltevermögen. Zu versagen, was für eine Schmach! Die Schmach, es mit Wolf nicht geschafft zu haben, saß und sitzt noch immer tief. Eigentlich dachte sie, es nach so langer Zeit überwunden zu haben.

Falsch gedacht!

Alles holte sie wieder ein. Verlassen werden – allein sein. Dieses Gefühl war und ist tief in ihr vergraben – aus Kindertagen!

*

Sie sitzt zwischen all den Papieren in ihrem Büro auf dem Fußboden. Dieses uralte Gefühl ist hautnah da – nur weil er ihr das Geld nicht überwiesen hat, das ihr rechtlich zusteht?! Oder hat sie einfach keine Lust mehr auf Konfrontationen und Auseinandersetzungen mit Anwälten?

Sie ist dünnhäutig geworden und ihre Nerven sind nicht mehr wie früher. Sicher ist das eine Alterserscheinung – liest man ja immer wieder! Ihr Versuch, mit Wolf nach so langer Zeit mal Kaffee zusammen zu trinken, endete nach 15 Minuten im Desaster. Sie verließ, zitternd am ganzen Körper, das Etablissement, nachdem er ihr ins Gesicht gekläfft hatte, sie sollte doch endlich mal richtig arbeiten. Sie ist jetzt fünfundsechzig und hat ihr Leben lang gearbeitet! Sie war immer Künstlerin.

Kurz danach fühlt sie sie: Die Depression schleicht sich in sie! Sie bekommt sofort am nächsten Tag einen Termin bei einer Hypnotherapeutin.

Die Behandlung geht tief in sie rein. Danach ist ihr schwindelig und sie ist völlig geschafft. Sie schläft zu Hause auf dem Sofa ein und wacht nach zwei Stunden wieder auf. Ihre Verabredung am Abend sagt sie ab und geht früh ins Bett.

Am nächsten Tag: Wut – wann war sie jemals so wütend? Sie kann sich nicht erinnern. Vielleicht war die Wut schon immer in ihr? Wut über ihre verkackten Lieben? Warum zeigt sie jetzt erst ihr Gesicht?

Es ist kein schlechtes Gefühl – ein neues – sie lernt es gerade erst kennen. Fühlt sich auf jeden Fall besser an als die Depris. Die ziehen runter – die Wut befreit! Ein wundersames Gefühl.

Vielleicht haut die Wut die Depris weg – das wäre der Superknaller! „Wut hat Depris ausgeknockt!" – Überschrift einer Psycho-Zeitung mit dem Untertitel: „Wissenschaftler forschen über die dunklen Seiten von Personen."

Diesen Forschern würde sie sich gern als Testperson zur Verfügung stellen, allerdings nur gegen Kohle!

*

Wolf war der erste Mann, bei dem sie ihr „Beuteschema" in Sachen Männer durchbrochen hatte. Bis dahin hatte sie sich durchgehend Humphrey-Bogart-Typen an Land gezogen (Ausnahmen bestätigen die Regel!).

Wie sich bei einer ihrer Ehetherapien herausstellte, hatte sie immer intuitiv ihr „Vaterbild" gesucht und gefunden. Ihre Verflossenen hätten Humphreys Brüder sein können, mit ihren markanten Magenfalten und dem dunklen, hohen Haaransatz.

Wolf war der erste Mann, der diesem Bild gar nicht entsprach. Sie hatte sich in seine Stimme verliebt. Die hätte sich auch gut für Telefonsex geeignet.

*

Sie lernte ihn durch einen „Handtaschentrick" kennen, in ihrer Stammkneipe. Sie wollte eigentlich nur aufs Klo, hatte für Freunde aus Berlin Requisiten in der Stadt gekauft und wollte schnell noch einen Kaffee trinken, bevor sie wieder aufs Land zu den Kindern fuhr, die unter der Obhut ihrer liebsten Nichte waren.

Beim Zuschlagen der Tür fiel ihr ihre Handtasche auf den Boden und der ganze Inhalt ergoss sich im Kneipenraum. Die drei Männer, die am Tisch gegenüber saßen, krabbelten sofort in alle Ecken und sammelten ihre Utensilien, u. a. Tampons, ein. Sie bedankte sich und wurde an ihren Tisch gebeten, auf einen Drink. Irgendwann nach Mitternacht stieg sie mit Wolf ins Taxi und fuhr mit zu ihm in seine

Wohnung. Der Sex auf dem Teppichboden war wunderbar!

Der erste Ehegatte, Jens, war gerade ausgezogen, und ein paar Monate später, nicht einmal ein halbes Jahr, da hängte sie die Boxershorts von Wolf im Garten auf die Wäscheleine (was auch von der Nachbarschaft auf dem Land sofort registriert wurde)!

Der Neue zog ein.

Von ihrem ersten Ehegatten war sie nicht verwöhnt worden. Wolf war das absolute Gegenteil: Blumen, Geschenke, Dessous und Klamotten für die Kinder, er kaufte und schenkte und sie schwebte auf Wolke sieben oder acht!

Sie betrieb zu der Zeit eine Keramikwerkstatt und Hausgalerie und war damit sehr erfolgreich. Sie belieferte Restaurants, unter anderem auf Sylt, mit ihrem Geschirr und öffnete zweimal im Jahr die untere Etage des Hauses als Galerie, wozu sie Künstler aus verschiedenen Sparten einlud. In drei Tagen kamen bis zu sechshundert Besucher in ihre Räume und in den Garten.

Wolf war das Ganze etwas unheimlich. Er hatte mit Kunst nichts am Hut – er war Kaufmann. Seine erste Idee für ihre Veranstaltung war: Dixi-Klos müssten aufgestellt werden.

Es ging immer ohne.

Eines Tages wünschte sich Wolf im Wohnzimmer Teppichboden, der Parkettfußboden mit dem alten Perserteppich von Omi war ihm nicht kuschelig genug.

Sie setzte diesen Wunsch sofort in die Tat um. Als er von der nächsten Flugreise zurückkam, war der Teppichboden da. Dann kamen noch die gemütlichen Sessel und das Sofa hinzu.

Damit war nach zwölf Jahren ihre Hausgalerie gestorben. Sie mietete leere Läden auf dem Land und Galerien in Hamburg an, aber das war nicht mehr das, was es mal war! Die private Atmosphäre, ihr Stil, Dinge zu gestalten und ins Licht zu setzen, funktionierte nicht mehr.

Wolfs Satz: „Du musst und sollst nicht so viel arbeiten, du hast doch mich!", der steckt ihr noch im Ohr. Sie wollte und konnte nur Kunst – das war ihre Passion.

Ein Bandscheibenvorfall war nach dreiundzwanzig Jahren Keramik der Auslöser – und für Wolf der „Erlöser"?! Sie verkaufte ihre Werkstatt.

Nach der Heilung des „Vorfalls" der Bandscheibe – keine OP, sondern Akupunktur! – erbte sie von ihrer lieben, toten Tante Trudi

10.000 DM. Diesen Betrag setzte sie für eine Ausbildung zur Fußreflexzonenmasseurin ein. Sie fuhr ein Jahr lang fast jedes Wochenende zu dem Seminar.

Kurz vor der Prüfung erfuhr sie über Insider, dass sie einer Scharlatanin aufgesessen war, die gar nicht die Zulassung für diese Ausbildung hatte!

Also alles umsonst! Das Geld war weg, die Zeit, sie massierte nie wieder Füße.

Scheiß auf die Gesundheit. Weiter in Sachen Kunst!

Wolf war viel auf Geschäftsreisen. Sie hatte früher mal an der HFBK Kunst studiert – jetzt wieder zurück zu Leinwand & Co., Pinsel etc., Malkurse, Sommerakademien, Technikkurse, sie ging voll rein in diese, ihre Welt.

Sie verkaufte ihre Bilder, aber Wolf blieb immer an erster Stelle. Kunst machte sie, wenn er weg war. Für Wolf war wichtig: „Hauptsache, sie hat etwas zu tun und sie ist immer für mich da, wenn ich da bin und sie brauche."

Sie erfüllte das alles – die Ansprüche von Wolf und seiner Familie.

*

Wolf hatte drei Geschwister, eine Schwester und zwei Brüder. Alle nebeneinandergestellt, hätte man nie denken können, dass sie alle aus dem Bauch derselben Mutter waren – eher, dass vier verschiedene Väter im Spiel gewesen wären! Und so waren sie auch in ihrem Verhalten. Wenn alle von einer familiären Veranstaltung, zum Beispiel dem Weihnachtsfest, erzählten, an der alle zur gleichen Zeit teilgenommen hatten, kamen völlig unterschiedliche Darstellungen und Geschichten dabei heraus.

*

Mit Wolfs Schwester verstand sie sich sehr gut, sie hatten viele gemeinsame kulturelle Interessen. Sie war häufig über Nacht bei ihr auf dem Land, wenn Wolf auf Reisen war.

Immer, wenn die ganze Sippe bei ihnen zum Essen oder zu Festen einfiel, gab es unter ihnen Streit. Je mehr Alkohol floss, umso schlimmer! Wolf verdrückte sich dann gerne in die „Buntkarierten" und sie harrte bis zum Ende aus und brachte die Sturköpfe zur Ruhe. Bis zum nächsten Mal!

Wenn alle im Bett waren, deckte sie immer noch den Frühstückstisch für den Morgen. Sie kümmerte sich um sie, wie um ihre eigenen Kinder, nur mit dem Unterschied, dass diese nicht so kompliziert waren. Nach diversen Unfällen von Schwägerin und Schwager war sie es, die sie regelmäßig in den Krankenhäusern und mit dem Nötigsten und mit schönen Dingen versorgte.

*

O-Ton Wolf: „Mein eigen Fleisch und Blut", Uwe, sie nannte ihn heimlich für sich immer „die Raupe Nimmersatt". Er konnte eigentlich gar nichts dafür, dass er immer alles bekam, was er wollte! Die Mutter, selbst ein ungeliebtes, abgeschobenes Kind, war viel allein mit Uwe und mit seiner Erziehung völlig überfordert. Wolf, ebenfalls in der ersten Ehe mehr weg als da, überhäufte aus schlechtem Gewissen den Sohn mit Geschenken: Technik, Material, Hardware – Dingen, die er ihm aus Asien mitbrachte und die es in Deutschland erst viel später zu kaufen gab. Weiter ging es mit Motorrad, Auto, Haus, Wohnungen, es gab keine Grenzen mehr nach oben!

*

Wolf besaß ein Haus in einem Dorf in Ostsee-nähe.

Nach dem Tod ihrer Eltern kam die Idee auf, dieses Haus zu einem Alterssitz und einer Galerie umzubauen, wo ganz viel Platz für Familie und Freunde sein sollte!

Sie war in ihrem Element.

Über ein Jahr lang fuhr sie jeden Tag eine Stunde zur Baustelle und eine wieder zurück. Es gab viel Ärger mit einem schlechten Architekten. Der Malermeister verliebte sich in sie und machte von da an nicht mehr das, was vereinbart war. Also nahm sie teilweise die Pinsel selbst in die Hand. Nach über einem Jahr war alles fertig – ein Wohntraum!

Jeder, der das Haus zum ersten Mal betrat, war sprachlos. Acht Meter hohe Decken, perfekte Galerie – Beleuchtung an den Wänden, Musik-beschallung in allen Räumen – die Decke in der Galerie-Wohnhalle ein stilisierter Wolkenhim-mel mit Blattgoldelementen (die waren vom Maler, als er noch nicht verliebt gewesen war). Wolf und sie saßen ganz allein mit einem Glas Wein an dem von einem Tischlerfreund gefer-tigten dreieinhalb Meter langen ovalen Buchen-tisch, mit zwölf verschiedenen Designerstühlen umrandet – als er ihr eröffnete, dass er hier keine fremden Menschen in so schönen, privaten Räumen haben wollte!

Damit war für sie der Traum von der Galerie gestorben. Sie hat nicht geweint, sie war nicht wütend, sie war traurig – sie war enttäuscht.

*

„Aus der Traum, das Leben geht weiter!", dachte sie und machte weiter – immerhin hatte sie in dem umgebauten Großvaterpalazzo ein Atelier. Wenn Wolf „auf Tour" war, lud sie sich Künstlerfreunde ein und veranstaltete dort Workshops.

Beide Häuser mit Gärten – die viele Arbeit blieb an ihr hängen und sie hatte keinen Bock mehr auf Gartenarbeit. Ihre Jungs waren aus dem Haus, der Hund war tot. Er wurde noch unter einem Meer von Tränen im Garten begraben.

Ihre Idee, dass der Alterssitz bleiben und das andere Haus gegen eine Wohnung in der Stadt eingetauscht werden könnte, wurde geplant und umgesetzt. Landleben Oberkante, Unterlippe. Sie wollte wieder Kultur und Kneipe, zu Fuß um die Ecke, wie früher. Kurz vor der „Aufgabe" klappte es endlich, nach fast drei

Jahren! Eine Wohnung in ihrem alten Stadtteil, End-Etage mit Fahrstuhl, in den der Sarg hochkant reinging, mit Balkon. Nix mehr mit Rasenmähen und Co.! Sie war happy, Wolf eher skeptisch, er hatte am Landleben Gefallen gefunden.

Sie konnte es so genießen: Ihr altes Kino von früher fußläufig oder per Rad erreichbar, Kneipen um die Ecke, Restaurants, endlich nach Kultur mal was trinken können und nicht die Frage: „Wer fährt?"

*

Wolf nahm sie mit auf seine Geschäftsreisen. Sie war in Ländern wie China, Indien, Indonesien, Vietnam, USA, Cebu, Chile, Australien, Laos etc. Ohne ihn hätte sie diese Länder nie bereist. Sie liebte eher das europäische Ausland wie Spanien, Frankreich, Portugal und Italien. Aus Indien kam sie immer krank zurück, sie hatte zweimal in ihrem Leben schwere Lebensmittelvergiftungen. Wolf hatte nie eine Krankheit. In achtundvierzig Berufsjahren war er genau fünf Tage krank gewesen – und da hatte er sich den Blinddarm entfernen lassen. Aber da kannten sie sich noch nicht.

*

Wenn sie krank war, war sie immer allein. Sie waren noch nicht lange in der neuen Wohnung in der Stadt, als sie nachts heulend vor Schmerzen wach wurde. Ihre rechte Schulter tat so weh, sie konnte nur noch sitzend die Zeit im Bett verbringen. Wolf brachte sie morgens ins Unfallkrankenhaus Eppendorf und setzte sie an der Notambulanz ab, danach flog er nach Indien.

Ihre Diagnose lautete „Kalkschulter" (tritt gerne bei Frauen in den Wechseljahren auf). Mit dem rechten Arm konnte sie wochenlang nicht arbeiten. In der Zeit malte sie mit links.

Wolf hatte als Vierzehnjähriger mit Hauptschulabschluss in einem hanseatischen Kaufmannsunternehmen angefangen und sich zum Partner und Geschäftsführer hochgearbeitet.

Seinen Sohn Uwe hatte er mit in das Unternehmen geholt. Uwe fuhr Porsche und der Sohn seines Partners hatte einen alten Renault. Die beiden waren wie Feuer und Wasser.

In ihrem neuen Stadtwohnsitz machte Wolf Bekanntschaft mit Dr. Blarr, er war Unternehmensberater. Sie waren schnell per „du" und Wolf sprach mit ihm über seinen „Laden" und seine Bedenken bezüglich einiger Mitarbeiter. Schließlich beauftragte er seinen neuen Freund, das Unternehmen zu prüfen. Nach drei Wochen Prüfung statuierte Dr. Blarr, dass „drei Kapitäne auf einem Schiff" zu viel wären.

Ab dann ging es bergab. Es kam zu einem Eklat – die Raupe Nimmersatt verließ den Laden und machte kurz danach mit einem Freund einen neuen in der gleichen Branche auf. Wolf verließ aus Solidarität mit seinem Sohn sein geliebtes Unternehmen nach fast fünfzig Berufsjahren.

*

Wolf wurde für sechs Monate freigestellt, er durfte nicht arbeiten, während viele Anwälte sich um Ansprüche stritten. Es ging um ganz große Summen! Der Arbeitslose verließ jeden Tag, wie immer mit Schlips und Kragen und von ihr gebügeltem Hemd, die Stadtwohnung. Er sagte ihr nicht, wohin er ging. Einmal verfolgte sie ihn heimlich mit dem Auto. Er fuhr mit seinem dicken Mercedes zum Flughafen und schaute den Flugzeugen nach.

Wolf mietete sich bei seinem Sohn ein Büro.

Ihre Beziehung war nun richtig im Eimer. Es wurde kaum mehr miteinander gesprochen. Die Liebe war aus dem Haus. Alles, was vorher war, gab es nicht mehr. Sie hatten lautstarke und aggressive Auseinandersetzungen. Einmal stand Wolf in der Küche und sagte zu ihr: „Ich glaube, wir müssen uns trennen. Ich weiß bloß nicht, wie!"

Wenn sie mit ihren ältesten und besten Freunden zusammen waren, riss er sich zusammen, um wie der „Alte" zu wirken – danach war er immer noch aggressiver. Wie oft hatte sie heulend ihre Verhaltenstherapeutin angerufen und um Hilfe gebeten?!

Manchmal hat es funktioniert.

*

Eines Tages lag ein kleiner Zettel auf dem Wohnzimmertisch – sie bemerkte ihn erst nach Stunden. Darauf stand: „Ich verlasse dich, meine Sachen hole ich später. Es war nicht alles schlecht mit mir!" In diesem Moment war sie sogar erleichtert.

Sie konnte wieder durchatmen. Ab jetzt spürte sie Leere in sich. Die besten Freunde, ihre Familie, alle hatten sich zurückgezogen und warteten das Drama aus sicherer Entfernung ab. Niemand konnte und wollte sich einmischen.

Sie war jetzt ganz allein – sie gab den Kampf auf und ließ sich mit ihren Depressionen in ihre Kunst fallen. Dass Kunst eine Therapieform sein kann, ist bekannt. Sie arbeitete in der Zeit der Trennung manisch, acht bis zehn Stunden am Tag.

In ihrem damaligen Atelier erschuf sie die größte Arbeit in ihrer Collagentechnik-Zeit: zwei mal zehn Meter, sehr kleinteilig geklebt.

2017 hatte sie eine große Einzelausstellung in einer renommierten Galerie in Hamburg. Hier war die Arbeit das erste Mal in Gänze zu sehen. Einer ihrer sehr geschätzten und oberkritischen Künstlerfreunde befand die Arbeit für sehr gut, aber er wies sie auf zwei elementare Brüche hin. Er hatte völlig recht, sie sah diese Brüche das erste Mal bewusst und sie konnte sie sofort benennen:

Bruch 1: Auszug Wolf.

Bruch 2: Scheidung Wolf.

Die Scheidung war im Sommer. Sie hatte nie in Weiß geheiratet, am Tag ihrer Scheidung trug sie eine weiße Designerjacke aus dem Ausverkauf, mit einer weißen Hose und weißen Pumps. Danach fuhr sie mit dem Auto nach

Berlin und traf dort ihre beiden Söhne mit An-
hang und lud alle am Schlesischen Tor zum
gemeinsamen Essen ein.

Sie war traurig, aber sie hat nicht geweint.

FIESE LIEBE

Du kannst mich mal!
Du gehst mir am Arsch vorbei!
Du bist eine Fata Morgana!?
Du bist Einbildung?
Du bist eine Illusion?
Du bist ein Dogma?!
Du bist kein haltbarer Zustand?
Kaum bist du da, schon wieder weg?
Wo hast du dich versteckt?
Warum kannst du nicht bei mir bleiben?
Wo hast du dich verkrochen?!
Wieso lässt du mich allein?

ENDE

Kuschel Emil

Immer, wenn er bei ihr übernachtet, gibt es beim Einschlafen und Aufwachen eine intensive Kuschelzeremonie.

Einmal nimmt er ihr Gesicht in seine Hände, guckt ihr mit seinen blauen Augen in ihre braunen und sagt zu ihr: „Ich hab dich lieb bis zum Himmel und zum Mond und den Sternen und alles, was leuchtet!"

Das hat noch nie ein Mann zu ihr gesagt.

Dieser göttliche Satz kommt aus dem Mund ihres sechsjährigen Enkels.

Zeitfracht Medien GmbH
Ferdinand-Jühlke-Straße 7
99095 Erfurt, Deutschland
produktsicherheit@kolibri360.de